# 연애
# 소설

# 연애 소설

戀愛
小說

기준영 소설집

문학동네

차례

# 연애소설

어젯밤 나는 그가 창가에 서 있는 걸 보았다. 푸른빛이 감도는 셔츠가 바람에 나부꼈다. 커다란 보름달 아래로 구름들이 모였다 흩어졌다. 달빛이 잠깐 어둠 속으로 잠겼다가 다시 나타났다. 그는 한 손에 병맥주를 쥔 채로 고개를 살짝 수그렸다가 들었다. 내 심장은 말처럼 뛰기 시작했다. 여름이 시작되고 있었다.

*

수요일, 공휴일인 어느 수요일 오후에 나는 그다지 친하지 않은 친구와 약속을 잡고 카페에 앉아 있었다. 아주 친한 친구들은 모두 가족과 나들이를 하거나 애인과 데이트를 했는데, 카페에 앉아 곰곰이 생각해보자니 그 친한 친구들이 그다지 친하지 않은 것처럼 생각되는 그런 수요일이었다. 나는 정말 친한 친구가 이다지도 없구나. 나는 내 인생에서 언제나 불편한 진실을 금세 받아들이는 편이었으니까, 아마 그런 연유에서 그때로부터 한 시간 동안이나 '그다지 친하지 않은 친구'를 기다리며 별 불평 없이 잡지들을 뒤적이고 있었을 것이다. 잡지마다 수록된 올여름 유행 패션과 연예인 가십, 새로 나온 기능성 화장품, '나는 사생아였다'라는 여배우의 고백수기와 주말 파티를 위한 요리 정보를 찬찬히 다 읽고서 창가로 고개를 돌렸을 때, 테이블 위에 놓아뒀던 스마트폰에서 밝고 경쾌한 멜로디가 흘러나왔다. 여보세요. 나는 문 앞까지 다 와놓고 내게 전화를 거는 그 친구의 태도를 낯설어하면서도, 정말 반가운 마음이 드는 걸 어쩔 수 없어 명랑하게 웃었다. 괜찮아. 하나도 안 지루했어. 나 할 일이 좀 있어서 시간 가는 줄도 까맣게 모른걸.

그렇게 해서 나와 그다지 친하지 않은 그 친구는 한 테이블에 카페모카 두 잔을 놓고 앉아 스푼으로 휘핑크림을 저으며 카페의 인테리어에 대한 단평을 잠시 나눈 뒤에 곧바로 본론으로 넘어가게 됐다. 프라이버시가 있으니까 그녀를 본명 대신 내 또다른 친구의 딸 이름인 수아, 로 부르기로 하자.

"내가 너를 보자고 한 건 정말 이 얘길 털어놓을 데가 없어서야. 나 스물세 살 더 먹은 남자랑 살고 있어."

나는 이런 식의 고백을 들을 준비가 안 되어 있었다. 잠시 멍해져서 수아를 바라보았다. 그녀의 다음 말이 정확히는 기억나지 않지만, 아마도 이런 뉘앙스였던 듯하다. 내가 사려 깊은 사람이라는 걸 자기가 기억하고 있고, 또 내가 최근에 쓴 소설에 관해서도 인터넷 검색을 통해 알게 됐다고. 나 같은 사람들은 다른 사람들의 이야기를 단순히 소재로 삼지 않을 것이란 사실을 자기는 알고 있는데, 그 믿음을 배반하는 일이 일어난다면 그건 참기 힘들 거라고. 그리고 또 이렇게 말했다.

"너 언젠가 「방심한 마음」이란 소설을 쓰지 않았니? 난 그거 정말 감명깊었어. 이런 걸 쓰는 사람이라면 내 사정을 털어놓아도 좋을 거란 생각이 들었어."

그 순간 뭔가 잘못됐다는 걸 눈치챘다. 그러나 자리를 박차고 일어서야 할 절박한 이유가 있던 건 아닌데다, 내가 알아봐야 할 사실들이 뭔가 더 있을지도 모른다는 생각이 들어서 그냥 입술을 만지작거리며 애매한 태도를 보였던 것 같다. 방심한 마음. 방심이면 방심이지 마음이 두 번이나 들어가는 방심한 마음, 그건 도대체 어떤 마음이란 말인가? 내가 어딘가에 발표한 글이라곤 단 두 편뿐이었는데, 둘 다 방심이나 그 비슷한 상태와는 관련이 없었다. 한 편은 무가지에 실린 손바닥 소설로, 강박적으로 뭔가를 버리는 남자에 관한 거였다. 다른 하나는 오십대 하프 연주자의 하루를 동행 취재한 인터뷰 기사였다. 그런 이력을 작가로 소개하는 사람들도 세상에는 있겠지만, 나는 굳이 나를 소개해야 한다면 평정심을 원할 때는 하농을, 그게 싫을 때는 베토벤을 치는 동네 피아노학원의 피아노교사라고 할 것이다. 오 년 전에 상가 건물 이층에 피아노학원을 냈습니다. 학생들은 나를 좋아하고, 나도 학생들을 좋아합니다. 내가 피아노교사가 되길 원했던 엄마는 가끔씩 학원에 나와 아이들이 피아노 치는 소리를 들으며 십자수를 놓습니다. 장수를 기원하는 십장생을 수놓습니다. 상가 일층은 베이커리인데, 아침이면 갓 구운 빵냄새가 이층까지 올라옵니다. 말하자면, 그런 게 내 생활이었다. 방심한 마음과는 별 상관 없었다.

"어, 저, 우린 서로 오해한 거 같네."

나는 겸연쩍게 미소지으며 말했다.

"나는 네가 연하의 요리사랑 결혼했다고 들었거든."

"아니아니, 그건 내 사촌이야. 내가 아니고. 걘 기억나지? 우리 옆 반이었고, 이름이 특이했으니까."

이름은 기억나지 않았다. 대신 다른 게 기억이 났다. 수아랑 나랑 수아 사촌, 이렇게 셋이서 성당 크리스마스 공연 때 무대 뒤에서 같이 포도주를 마시고 취하는 바람에 나와 수아가 그다음주부터 남부끄러워서 성당에 나가지 못하게 된 일이. 나는 수아 사촌이 무대로 나가야 할 대목에서 그애보다 먼저 튀어나가다가 넘어졌고, 넘어진 나를 밟고서 수아 사촌이 무대 중앙으로 걸어나가 노래를 불렀다. 수아는 동방박사에게 길을 가르쳐주는 여자 역을 맡았는데 상의를 반쯤 벗고 무대에 등장했다. 엉망진창이었다. 다행히 연이어 무대에 등장한 초등학생 아기 천사들이 깜찍한 율동을 선보여서 우리의 해프닝은 거기서 중단됐다. 대학생이던 주일학교 교사 둘이서 우리를 끌고 무대 밖으로 나갔다. 수아는 키가 크고 늘씬해서 십대 때도 잘 꾸미면 싱그러운 이십대 처녀 같은 분위기를 풍겼다. 술도 곧잘 마셨고, 담배도 좀 피웠지만, 크게 문제를 일으킨 적은 없었다. 수아 사촌은 그에 비하면 아기 같은 데가 있었다. 분을 바른 것처럼 뽀얀 얼굴에, 언제나 앵앵거리는 목소리로 뭔가가 싫다고 중얼거리던 게 기억난다. 하여간 그 사촌애는 계속 성당에 나갔다.

"정통 일본 요리를 배운 사람이랑 결혼을 했는데, 그 사람 문제가 좀 있어서 둘이 사네 안 사네 그러다가 아이가 생긴 걸 알았대. 애들한테는 참 좋은 아빠라서 이제는 그럭저럭 사이가 괜찮은 것처럼도 보이는데, 가끔 통화하면 그때 그만뒀어야 한다고 말해. 그때가 언젠지 나는 정확히 잘은 모르지만 대강 알 거 같다는 식으로 대꾸는 해. 걔는 남편 요리는 너무 싱거워 싫고, 지랄맞은 성격은 또 불같다고 싫어하지. 근데 걔는 딸이 둘인데, 다 엄마 닮아서 제 엄마한테 엄마는 이게 싫다, 저건 나쁘다며 지적한다고 하더라고. 이제 그것도 벌써 삼년 전의 일이 됐다, 마지막 통화. 세월 참 빠르다. 그지?"

내가 그렇다고 대답하려는 순간 엄마가 전화를 걸어왔다. 들어올 때 치약과 칫솔, 순면으로 된 실내용 슬리퍼, 밀폐용기, 그리고 돋보기 닦을 융을 하나 사오면 좋겠다는 거였다. 나는 알았다고 대꾸하며 카페 로고가 프린트된 냅킨에 내가 사가야 하는 것들의 목록을 받아 적었다. 그리고 잠시 침묵이 흘렀다. 카페에서는 어떤 남자 가수의 노래가 흘러나오는 중이었다. 당신을 알아요. 우리는 거리를 함께 걸었고, 다른 사람들의 꿈들과 함께 살았죠.

"막상 널 만난다고 생각하니까 다른 생각들은 중요하지 않더라고. 난 며칠째 잠을 제대로 못 잤거든."

수아는 그 말을 하면서 눈동자를 굴렸다. 안구건조증 때문에 가끔 그렇게 크게 눈동자를 굴린다는 것이다. 나는 스마트폰을 들고 화장실로 갔다. 세면대에서 손을 씻고 거울에 비친 내 얼굴을 들여다보았다. 그러다 아는 친구들 몇몇에게 메시지를 보냈다. 수아 소식을 알 만한 동창들에게. 잘 모르겠다고 대답한 친구 몇과 답신이 아예 없는 친구 몇. 그리고 엄마가 다시 내게 전화를 걸어왔다. 저녁 여덟시에 동네의 초등학교 운동장에서 디즈니 영화를 야외상영하는 이벤트가 있다고 들었다며 같이 가지 않겠냐는 것이었다. 디즈니 영화를 육십 대의 엄마와 보는 일은 새로운 경험 축에 속할 것이므로 나름 신선한 기분이 들지도 모르겠지만, 초등학생들과 학부모들 틈에서 돗자리를 펴고 앉은 우리 모녀를 상상하는 일은 그다지 편치 않았다. 내가 가르치는 학생들도 여럿 모일 것이다. 선생님 안녕하세요. 과자 좀 드실래요? 아니, 괜찮아요. 저희 엄마도 괜찮으세요. 요즘 치통 때문에 고생을 좀 하시거든요. 어머나, 그러신가요? 괜찮아요. 밤공기가 좋네요.

나는 다시 수아가 있는 테이블로 돌아갔다.

"그래 나한테 털어놔봐."

수아는 그때부터 이야기를 시작했다. 오후 네시 삼십분. 카페의 유리문에는 작은 종들이 달려 있었다. 간간이 그 종소리가 들리던 때도 있었지만 전혀 그 소리를 의식 못한 채로 옆자리를 보면 새로운 사람이 앉아 있는 때도 있었다. 두 시간 후 우리는 카페 밖으로 나왔다. 나는 지난해 사고를 낸 뒤로 폐차를 했기 때문에 차가 없었고, 수아는 나이든 남자와 새로 살 집을 구하느라고 차를 팔았기 때문에 차가 없었다. 카페에서 몇 차례 반복해 들었던 남자 가수의 노래가 바깥의 풍광을 감싸고 있는 것처럼 느껴졌다. 세상 어디로든 갈 수 있을 것 같은 저녁 무렵이었다. 적어도 내게는 그랬다. 디즈니 영화를 상영하는 초등학교 운동장과 그 밖의 모든 곳. 내가 팔꿈치로 수아의 팔을 치자, 수아가 자기 입가를 만지작거리면서 앞으로 한 걸음 나아갔다. 우리는 수아의 집으로 가기로 했다. 나이든 남자와 수아가 사는 새집이 아니라 수아의 부모와 수아의 남동생이 사는 옛집. 우리는 택시를 잡았다.

택시 안에서 나는 '가장 좋은 시절'에 대해 생각했다. 지나온 시간들과 앞에 있을 시간들. 우주의 관점에서 보면 찰나에 지나지 않을. 여름의 풍경, 겨울의 풍경, 빗속에서 뛰었던 날, 산 정상에서 보았던 풍경과 케이블카에서 내려다보았던 다른 나라의 풍경, 내게 친절했던 남자들과 여자들. 조금 어리둥절하고, 또 조금은 감상적인 상태였으니까 내가 떠올린 장면들이 꼭 내가 겪은 일들이라고는 할 수 없었다. 다른 사람들의 기억을 내 것처럼 잘못 추억하고 있거나 내 기억과 바람이 뒤섞이며 떠올랐던 것인지도 몰랐다. 누가 내게 '지금은 하농을 치고 싶은가, 베토벤을 치고 싶은가?' 물어보았다면 쉽게 대답하지 못했을 것이다. 다행히 누구도 내게 질문하지 않는 시간이었다. 수아가 내 쪽으로 고개를 돌려 "넌 위기에 강한 사람이었던 거 같아"라고 말했다. 그건 참 이상한 타이밍이었다고 생각한다. 그때 난 막연하게 자책감이 들었지만, 곧 털어버렸다.

수아의 집은 구기동, 유명한 막국숫집 근처 비탈길에 있었다.

"내가 얘길 좀 하고 나오는 동안 너 여기서 기다려줄래?"

"그래, 기다려줄게."

수아가 들어간 후 나는 닫힌 초록색 대문 앞에서 서성였다. 훌쩍 키 큰 장미나무 두 그루가 담장 밖으로 고개를 내밀고 있었다. 나는 대문 앞쪽으로 몸을 들여놓고 좀 서 있다가 그 자리에 쭈그려앉았다. 스마트폰에서 메시지 수신음이 흘러나왔다. 나는 스마트폰을 꺼내 발신자를 확인했다. 동창 중 하나였다. 이 친구의 이름도 본명 대신 그 집 강아지의 이름을 써서 홍자라고 하자.

'수아? 작년에 나 찾아왔었는데, 걔 좀 상태가 안 좋던데. 왜?'

나는 통화를 시도해보려고 음성통화 버튼을 눌렀는데, 그때 마침 수아네 집 대문이 열리고 수아와 단발머리 남자가 나왔다.

"아, 또 이 모양이야."

수아가 말하자, 단발머리 남자가 푹 한숨 쉬었다.

"같이 오신 분이세요?"

단발머리가 나와 눈을 맞추면서 곤란한 표정을 지어 보였다.

"네에."

나는 자리에서 일어서며 짧게 대답하고는 더 뭐라 말해야 할지 몰라 얼굴을 붉혔다.

"내 동생은 기억 안 나지?"

나는 고개를 까딱하고 그 단발머리, 그러니까 수아의 남동생을 곁눈질로 살폈다. 남동생은 개의치 않는 눈치였다. 내가 누구든, 우리가 어디서 만났든 그에게는 상관없는 일이며, 그러니 굳이 예의를 차려야 할 일도 아닌 게 분명했다. 나는 의식적으로 가슴을 조금 펴고 뭔가 괜찮다는 뉘앙스의 말을 하려고 했는데 수아가 먼저 말을 꺼냈다.

"지금은 상황이 다 안 좋대. 근데 너 전화 온 거 아니니?"

나는 스마트폰을 들고 뒤돌아섰다. 어깨를 움츠린 채 등을 구부리고 서서, 손가락으로는 볼륨 조절 버튼을 두어 번 누르면서 홍자와 대화를 했다. 이야기는 자연스럽게 이어지지 않았다. 홍자는 찌개를 끓이려고 가스레인지에 뚝배기를 올려놓았는데, 두부가 없는 걸 지금 알았다며 막 마트로 장을 보러 나가려는 참이라고 했다. 휴일에도 전화하는 부장놈은 도대체가 머리가 돈 거 아니냐며, 두부를 사갔고 와 찌개를 끓여먹고서, 회사에 나가봐야 한다고도 했다. 정말 빌어먹을 일들은 휴일에도 끊이지 않는다고. 나는 문자메시지에 적어 보낸, 그 이상한 점이란 게 어떤 거냐고 묻고 싶었지만, 뒤통수 너머에서 아무 대화도 없이 내가 통화를 마치기를 바라는 남매의 시선이 느껴져서 '이상한 상사놈'이라고 맞장구를 쳐준 뒤에 애매하게 전화를 끊었다.

"어떡하실래요? 집엔 제 친구들이 있어요."

수아의 단발머리 남동생이 말했다.

"부모님은 전화를 꺼놨어. 누구 장례식에 갔대."

수아가 울적한 목소리로 읊조렸다.

"누나, 누난 그냥 누나 맘대로 살아. 난 누나가 이 집에 피해만 안 끼치면 좋겠어. 누나가 비타민 가게만 안 냈어도 우린 다 이렇게 되지 않았어."

단발머리 남동생은 그렇게 말하고 담배를 한 대 입에 물었다. 담배 한 개비가 반 정도 탈 때까지 나와 수아 남매는 이렇게, 저렇게, 삼각형의 다른 꼭짓점에 서서 허공을 바라보다가 다시 발끝을 내려다보았다. 단발머리 남동생이 담배 반개비를 바닥에 버리고 "그럼, 가" 하고는 집 안으로 들어갔다. 초록색 대문이 닫혔다. 안쪽에 혹시 담장 밖에서는 보이지 않는 키가 작은 장미나무들이 더 있는 건지 궁금했다. 이만큼, 이 정도의 궁금증만큼은 우리는 서로를 존중할 수 있다. 나는 그렇게 생각하며 수아의 팔에 내 팔을 걸고 비탈길을 내려가기 시작했다. 비탈길에 서 있는 막국숫집 문을 열고 비슷비슷한 등산복을 입은 다섯 남자가 배낭을 멘 채 밖으로 나왔다. 위에서 자동차가 내려오자 그들은 길 양쪽으로 흩어졌다. 수아와 나도 길 오른쪽으로 붙어 섰다가 그 등산복 차림의 다섯 남자 행렬에 섞여 등산객인 것처럼 걸어

내려갔다.

"나 간밤에 아주 이상한 꿈을 꿨다."

수아가 내게 설핏 윙크를 하면서 말했다.

"우리가 이렇게 걸었어. 굉장히 비탈진 길을."

수아가 계속 말했다. 그리고 자기는 비탈진 길을 무척 좋아한다고, 비타민 가게는 간판이 노랬고, 그는 이웃에 사는 단골손님 중 하나였다고, 그때는 부인을 위해서 비타민을 사가던 신사였다고 말했다. 부인은 고양이를 길렀는데 어느 날 음악회에 간다며 그 고양이를 자기 가게에 맡겼고, 자기는 그날 그 고양이를 잃어버렸다고.

"아이 대신 키워온 고양이였다고 하더라고. 내가 망쳐버렸어, 음악회, 남의 음악회를."

수아는 갑자기 멈춰 서서 두 손으로 자기 관자놀이를 짚었다 떼었다. 내 샌들은 굽이 낮았지만 편하지는 않았다. 그리고 내 왼발은 오른발보다 오 밀리미터 정도 작았다. 왼발에 일정하게 힘을 주고 걷지 않으면 굽 위에서 발뒤꿈치가 미끄러지며 바닥에 닿았다. 뭔가에 발바닥이 찔린 듯한 통증을 찌릿하게 느꼈지만 그걸 보자고 멈춰 설 수가 없었다. 나는 집 잃은 고양이를 생각해보려 했다. 노란 간판을 단 비타민 가게 건너에서 어둠이 내려앉는 것을 지켜보다가 어디론가 사뿐히 발길을 돌리는 덩치 큰 고양이를.

내가 피아노를 처음 배운 곳은 작고 초라한 피아노 교습소였다. 연습곡을 엉망으로 치면 내 손등을 길고 두꺼운 플라스틱 자로 내리쳤던 남자 선생이 있던 곳. 연습을 안 해가면 작은 방에 나를 가두고 서너 시간 동안 그 안에서 피아노를 치게 했다. 밖으로 난 유리문에는 선팅이 되어 있었다. 그 문을 조금 열어두고 있으면 떠돌이 고양이 한 마리가 고개를 들이밀 때가 있었다. 엉망진창으로 연주하는 모차르트에 호기심을 보이던 녀석이었다. 나는 가끔 고양이 간식을 사서 피아노 가방에 넣어 다녔다. 어느 아침 차에 치여 죽은 그 고양이를 보았다. 서늘한 느낌이 아침마다 되살아나다가 점차 희미해졌다. 고양이처럼 나도 어느 날 새벽에 차에 치여 죽게 되는 상상을 함으로써 사라져가는 그 감각을 애도하려 했다. 갇혀 있고, 뜨겁고, 행복하지 못했던 시절이었다. 마음보다 먼저 발바닥이, 그리고 손등이 점점 따끔따끔해지면서 기억들이 되살아났다.

"너랑 같이 비탈길을 걷다가 뛰었어. 사람들이 중간쯤에서 우리랑 같이 뛰기 시작했어. 난 소리를 지르며 엎어졌는데, 그다음엔 내 방에서 눈을 떴어. 계속 심장이 뛰었어. 거실로 나가보니까 그 사람이 죽은 것처럼 소파에 웅크리고 자고 있었어. 오늘 널 만날 일을 생각하고 다행이다 싶어서 가슴을 쓸어내렸어."

나는 가방 속에서 내 스마트폰이 옅은 벨소리를 울리고 있는 것을 느꼈지만 받지 않았다. 야외상영하는 디즈니 영화를 볼 것인지 말 것인지, 보지 않을 것이라면 언제 들어올 것인지, 렌즈를 닦을 융을 샀는지 묻는 엄마의 전화일 것 같았다. 수아는 자기 목소리 외에 다른 소리를 전혀 의식하지 못하는 것 같았다. 그 점이 다행스럽게 생각되다가, 가방 속 벨소리가 멈추자 뭔가 희미하게 걱정스러웠다. 엄마 때문인지 수아 때문인지 정확지가 않았다.

"우리집에 가자."

수아가 말했다.

"가서 그 사람하고 같이 저녁을 해먹자. 오므라이스 정도는 만들 재료가 있을 거야. 그 사람은 오므라이스를 되게 좋아해. 뭔가 가난한 날의 습관 같은 거지. 추억의 도시락 같은 거지. 그니까 그 느낌은, 달그락거리는 뚜껑 속에 따뜻한 알을 품던 노란 기억이 있는 거지. 고슬고슬하고 따뜻한 게 깔려 있는 그런."

수아야, 수아야. 나는 웬일인지 수아의 이름을 두 번 부르고는 머뭇거렸다. 수아가 감상적으로 말하는 건 로미오와 줄리엣처럼 축복을 받지 못한 사랑의 그림자 때문일 거야. 가까운 사람에게조차 털어놓을 수 없던 말들이 내게로 물처럼 흘러나오는. 나는 나대로 낭만적인 비감에 젖다 깨났다. 우리는 정말 비탈길을 뛰어내려가기 시작했다. 발바닥이 계속 따끔거렸지만 뭔가 조금은 쾌감이라고 말할 수 있는 통증이었다. 나랑 수아가 개미만큼 작아지고 우리를 둘러싼 우주는 점점 넓어지고 드넓어지고, 노란 간판을 단 비타민 가게는 한 점의 따뜻한 빛조각으로 반짝이고, 어디선가 날개를 단 고양이가 날아와 우리 어깨를 스치고 지나간다. 우리는 아주 빠르고, 빠르고, 빠르고, 빠른 유성처럼, 검은 시간 속을 깜박이며 비탈길을 미끄러지듯이, 마침내 흐르는 두 줄기 눈물처럼 그렇게 어느 집에 착지한다. 딩동.

수아의 작은 집. 골목과 골목 사이에 난 주택가의 오래된 작은 집은 수아의 부모님의 집을 축소해놓은 것처럼 생겼다. 아니, 수아가 나온 옛집이 등을 구부리고 어느 어두운 골목에 들어가 그렇게 웅크리고 앉으면 감미로운 고요가 그 주위를 감싸고 나이든 남자가 희끗한 머리칼을 보이며 등장하는 것이다. 안녕하세요. 나와 수아는 성탄절 행사를 망친 여고생처럼 얼굴이 붉어진 채로 우리들의 흐트러진 마음을 벌린 입술 모양으로 표현하려는 듯이 헤실헤실 웃으며, 우리가 거쳐 본 적 없는 시간이 저편에서 인사하는 소리를 듣는다. 안녕하세요. 들어오세요.

그때 눈에 들어온 그 집의 인테리어 중 가장 마음에 든 것은 거실 중간에 놓인 원목탁자와 의자였다. 의자는 이 인용 벤치처럼 생겼다. 그리고 원목탁자를 비추는 키가 큰 스탠드, 탁자 위에 놓인 작은 선인장 화분과 장식용 미니 로봇. 그 집에서 옛일의 흔적은 구석의 선반 쪽에 몰려 있는 것처럼 보였다. 각종 비타민과 고양이를 안은 나이든 여자, 그러니까 아마도 나이든 남자의 전 부인의 지난 모습일 그 사진.

신발을 벗고 안으로 들어서서 몇 걸음 딛자 마룻바닥에 검붉은 피가 묻어났다.

"아이구, 다쳤나봐요."

남자가 걱정스런 눈빛으로 주변을 둘러보며 구급약통을 찾을 때, 나는 아무렇지도 않다는 듯이, 술 취한 여고생이 그대로 무대로 나가려는 듯이, 한쪽 바짓단을 무릎 위까지 접어올리고 깨금발로 화장실을 찾아들어갔다. 욕조에 몸을 들이고 나머지 한쪽 바짓단을 들어 두 발을 찬물에 적시자, 뭔가 잘못된 것처럼 피가 무섭게 흘러나오기 시작했다. 뒤틀린 악몽 속에서처럼. 나는 아마 창백해져서 거실로 다시 나왔을 것이다. 나이든 남자의 얼굴이 수심에 잠겼고, 수아가 두 손으로 입을 가리고 허둥댔다.

"안 되겠어. 병원, 응급실로."

나는 나이든 남자에게 부축을 받다가 이내 그의 등에 업혔다. 수아가 거실과 방을 왔다갔다하면서 소지품을 가방에 챙겨넣었다. 원목

탁자 위에 있던 책도 한 권 넣었다. 아마 나이든 남자가 읽다 탁자 위에 엎어놓은 모양이었다. 나는 당황했고, 또 미안해했고, 그리고 동시에 이 모든 감정으로부터 퇴행하는 자아가 내 내면 어디선가 키득거리고 있는 듯한 기분을 느꼈다. 그 감정이 폐부에서 우러나 입으로 곧 쏟아져나오기라도 할 것처럼, 그걸 막아보려는 것처럼, 나는 주먹으로 입가를 가렸다. 정말 하나도 아프지는 않았는데 그렇게 피가 많이 날 수 있다니. 그럴 수 있다니. 내 인생에 처음 방문하는 집 마룻바닥에다가 그렇게나 피를 흘려놓다니. 다 커서 남의 등에 업혀 남의 집 밖으로 나가다니. 나는 그다지 친하다고 할 수 없었던 친구의 나이든 남자 등에서 풍겨나오는 플로럴 계열의 세제 냄새를 맡았다. 그리고 그냥 눈을 감아버렸다.

택시가 우리들을 응급실에 내려놓았다. 휴일의 갑작스런 사건 사고들과 그 소요가 이곳으로 야단스럽게 몰려들었다. 나는 내 차례를 기다리면서, 나보다 다급해 보이던 환자들에게로 자리를 옮겨다니던 젊은 남자 인턴이 수아의 나이든 동거남을 '아버님'으로 부르지 않도록 수줍어했다. 최선을 다해 수줍어했다. 아유, 괜찮은데, 저기 가서 앉아 기다리세요. 정말, 제가 초면에 어떻게 해야 할지 모르겠네요. 그래서 수아의 나이든 동거남은 내게서 떨어진 보호자 대기석에 앉아 수아가 가방에서 꺼내준 책을 펴들고 읽기 시작했다. 내 발바닥이 꿰매지는 동안, 주변으로 여러 축의 시간들이 지나갔다. 교통사고를 당하고 고통스러운 비명을 내지르며 들어온 중년 여자, 그 여자 곁을 엉엉 울면서 따라들어오는 어린아이, 술 취해 얼굴 한쪽이 찢어진 채 들어와 고함을 치는 사내, 가슴을 끌어안고 기침을 내뱉으며 '아이고 아버지, 나 죽네'를 연신 중얼거리던 할머니.

발바닥을 다 꿰매고 나왔을 때, 비로소 수아보다 스물세 살 많은 그 남자를 멀찍이서 여유를 갖고 바라볼 수 있었다. 크지도 작지도 않은 체구. 하늘색 티셔츠에 베이지색 면 베스트, 흰 머리칼, 팔과는 달리 검붉은 기운이 도는 얼굴빛. 그는 소음과 비명의 소용돌이 가까이에서 고개를 수그리고 『완벽의 추구』라는 책을 탐색하고 있었다. 그 '추구'라는 단어가 '완벽'이란 단어보다도 낯설게 느껴졌다. 엷게 미소를 띤 저 남자가 피 흘리는 나를 업고 내 발 대신 뛰어 이곳에 당도한 어떤 시간이라고, 나는 그렇게 이해하고 싶었다. 왜냐하면 이 모든 게 반짝이는 크리스마스트리의 불빛처럼 회상될 날들에 대해서만 나는 간신히, 어렴풋하게 지각할 수 있었기 때문이다. 현재와 미래가 과거보다 더 아득하게 느껴지면서, 갑자기 설명할 수 없는 슬픔이 몰려왔다. 엄마 생각이 났다. 혼자서 디즈니 영화를 볼 엄마. 십장생을 수놓는 엄마. 김밥을 말아 팔면서 나를 피아노 교습소에 보낸 엄마. 내가 울먹거리자 수아가 와서 나를 부축했다.

"괜찮니? 그래 얼마나 놀랐니?"

수아가 물었다. 수아와 그 나이든 남자에 대해서는 여기까지다. 여기까지가 내가 이야기할 수 있는 것이다. 나의 시선, 기대, 경험, 그리고 막연한 슬픔과 놀라움.

나는 택시를 타고 집에 돌아왔다. 수아의 작은 집에서의 저녁식사는 미뤄졌다. 아마 그건 가능한 한 더 뒤로, 뒤로, 뒤로 미뤄지고 미뤄질 것이다. 나는 어두운 방 안에서 수를 놓고 있을지도 모르는 엄마를 떠올리며 되도록 똑바로 걷는 것처럼 보이려고 애쓰면서 안방 문을 열었다. 방 안에는 아무도 없었다. 거실에 불을 켜고 화장실 쪽을 돌아보면서 엄마를 불렀다. 역시 아무런 기척이 없었다. 식탁 쪽으로 다가가자 냉장고에 자석으로 고정해놓은 노란색 메모지가 보였다.

명자 아줌마랑 영화 보러 간다. 늦지 않으면 거기로 와.

명자 아줌마. 가끔 엄마를 미치게 하는 명자 아줌마. 엄마랑 같이 십자수를 배우는 약사. 무엇에건 동조를 잘하지만, 무엇에건 열정을 보이지도 않는 사람. 엄마 표현대로라면, 십자수도 엄마보다 빨리 배우지 못하면서 이따금씩 더럽게 잘난 척하는 여자. 아들 셋이 다 제 엄마 생각을 끔찍이 하고 며느리들이 그렇게나 자기를 존경한다고 제 입으로 말하는 사람. 나는 그런 사람과 같이 돋보기 끼고 십장생을 수놓으면서 명이 길어지기를 바라는 게 온당치 않다고 생각했지만, 엄마는 그 약사 아줌마와 비타민을 챙겨 먹으며 때때로 음악회와 영화를 보러 가는 취미생활을 포기하지 않았다. 지금 나이든 두 여자가 은빛 돗자리를 초등학교 운동장에 깔고 디즈니 영화를 보고 있다고 생각하니 그게 인생의 어떤 한때에 해당하는 것일까 몰래 가서 그 광경을 넘겨다보고 싶으면서도, 또 한편으로는 영영 외면해버리고 싶은 기분이 들었다.

나는 화장실로 들어가 한쪽 발에만 힘을 싣고 선 채로 세안을 하고 머리를 감았다. 캐모마일 티를 한 잔 따뜻하게 준비해서 내 방으로 가져왔다. 가방에서 스마트폰을 꺼내 찻잔과 함께 책상 위에 올려놓고서 내 방을 차지하고 있는 오래된 피아노의 뚜껑을 열었다. 집에서는 거의 피아노를 치지 않았다. 아주 오랫동안 주인과 함께이면서, 또 오랫동안 침묵해온 이 악기는 높은 음계의 건반 두 개가 불완전했다. 덜

걱이고 서걱거리는 느낌. 정확한 음을 내고 싶었지만 덜걱 하고 건반이 가라앉은 다음 미약하게 신음소리같이 여린 소리가 새나오고, 그리고 천천히 건반이 제자리로 돌아왔다. 나는 하농을 연주했다. 그건 내게 언제나 생각을 몰아내기 좋은 곡이었다. 그러나 이제는 그게 생각을 불러왔다. 강하게 몰려왔다가, 약하게 물러났다가, 다시 조바꿈을 하며 변주됐다. 나는 연주를 멈추고 한숨을 내쉬었다. 책상으로 다가가 스마트폰을 집어들었다. 부재중 전화로 남은 기록을 살펴보니 발신자는 예상 밖으로 엄마가 아니었다. 내가 낮에 메시지를 보내봤던 동창 중 하나였다. 음성메시지 확인 버튼을 누르고 창가에 다가섰다. 창문을 닫아놓고 있었다는 걸 그제야 깨달았다. 블라인드를 걷고 창문을 열었다. 밤하늘에 떠오른 붉은 십자가 하나와 그 먼 위쪽에 아주 밝게 떠오른 보름달. 그 보름달 밑으로 음산하게 몰려왔다 흩어지는 구름. 내 귓속을 파고드는 목소리는 지나간 시간으로부터 온 것이었다. 소음들 속에서, 노랫소리와 사람들의 대화소리보다 크게 낸 목소리로, 그 역시 이제는 그다지 특별하게 친밀하다고 말할 수 없게 되어버린 동창 하나가 말하고 있었다. 갠 안됐어. 미쳤어. 가게 하나 냈던 게 잘못됐다고 인생 다 종친 것처럼, 곧 무덤으로 들어갈 남자랑 살림을 시작하는 게 정상이니? 그 늙은이도 그렇지. 자식 없이 여태 살아왔다는데 이제 와 딸 같은 애랑, 아 사람들이 왜들 그러니. 세상 막 돌아간다고, 왜들 막사니. 근데 우리 남편 누나 있지, 아, 그 모가지 긴 내 시누이 말야. 진짜 저밖에 몰라. 그런 사람들 있어. 나 오늘 정말 열받았어. 이거 확인하면 늦어도 좋으니까 나한테 전화 좀 꼭 해줘. 오늘 나 완전 미칠 것 같아.

사람을 미치게 하는 오늘의 이 기운은 저 달 때문인가. 나는 내 방 창가로 조금씩 다가오는 것처럼 느껴지는 커다란 보름달을 멍하니 바라보았다. 구름은 보름달의 빛과 그 밖의 어둠과의 경계를 덮쳤다, 흐렸다, 지웠다가, 아지랑이처럼 다시 피어올랐다. 달은 뭔가 말하고 있는 것 같았다. 무서운, 무서운, 무서운, 무서운 허무로부터 달음질치는, 도망가는, 숨이 차는 찰나들을 비추며.

나는 내 손가락을 만지작거리다 놓았다. 나와 엄마는 내가 아버지 병원비를 대면서 낭만을 잃어온 시간들에 대해서 서로에게 토로한 적 없었다. 연주회복을 입고 콩쿠르에 나가고, 순회공연을 다니고, 칵테일을 들고 건배 제의를 하는 삶은 내게 없었고, 또 앞으로도 오지 않을 것이다. 비타민 가게의 문이 닫히고, 누나는 누나 맘대로 살아, 라고 했던 단발머리 남동생은 초록색 철문을 닫아버리고, 문은 닫히고, 닫혀버리고, 어떤 섬세한 고양이들은 차가운 주검이 되어서 다시 내 문을 두드리지 않는다. 나는 늙은 남자가 자기 한 생애의 상처와 영광과 회한을 젊은 여자와 함께 다시 껴안기로 하고 그녀의 어떤 친구인지도 모를 낯선 여자를 업고서 저문 길을 달려나오는 그런 삶에 대해서 모른다. 몰라서 비난할 수가 없다.

나는 책상 앞에 앉았다. 저 달은 거의 모든 사람을 미치게 하는 모양이니까 디즈니 영화를 보러 초등학교 운동장에 앉아 있던 사람들은 오늘밤 모두 유년 시절의 희망이 불안과 겹쳐지는 미친 꿈을 꾸겠지. 장례식에서 울던 사람들은 모두 왜 이렇게 슬픔이 턱까지 차올라야 마땅할 의례적인 모멘트에 마치 무언가 고백하는 순간처럼 설레며, 심장박동이 조금씩 빨라지고 있는지 조금은 불길해하겠지. 친구들을 집 안으로 끌어들여놓고는, 불시에 방문한 누나를 단호히 밖으로 내몬 단발머리 남자애의 숨겨진 욕망 밑에도 분출하는, 설명되지 못한 관능이 음산한 노래처럼 수런거리겠지. 나는 인터넷 검색창을 모니터에 띄우고 오늘의 저 달이 타원형 궤도에서 지구에 가장 근접한 지점에 도달해 최고의 크기와 밝기를 보여주리라고 예보됐던 그 달임을 확인한다. 조금은 안심이 된다. 그러나 지금은 평정심을 구하기엔 너무 희귀한 찰나이므로, 이곳의 시간으로부터 도약하여 저곳의 멀고 불안전한 궤도로 튀어나가보려는, 거기서 무언가를 다시 내려다보려는 행성처럼 이 모든 에너지와 소용돌이에 나를 맡겨야 했다. 건반을 치는 대신 타이핑을 했다.

어젯밤 나는 그가 창가에 서 있는 걸 보았다. 푸른빛이 감도는 셔츠가 바람에 나부꼈다. 커다란 보름달 아래로 구름들이 모였다 흩어졌다. 달빛이 잠깐 어둠 속으로 잠겼다가 다시 나타났다. 그는 한 손에 병맥주를 쥔 채로 고개를 살짝 수그렸다가 들었다. 마치 긴히 할말이 있다는 것처럼, 그래서 옅은 미소를 잠시 감춘 것처럼. 내 심장은 고동치기 시작했다. 사랑의 시작이었다.

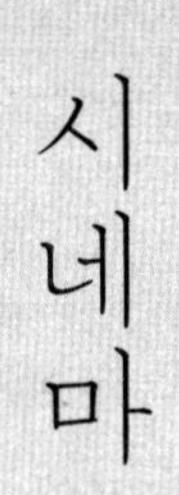

# 시네마

혜리는 석재와 육 년을 사귀었지만 청혼을 받지는 못했으며, 그녀 또한 청혼한 적은 없었다. 육 년은 짧은 시간은 아니었다. 서울에선 더더욱 그랬다. 보도블록이 교체되고, 건물들이 부서졌다가 다시 세워졌으며 그들의 관계 역시 그랬다. 좋은 친구로 남자. 밸런타인데이 다음다음날 석재가 혜리에게 그렇게 말했을 때 혜리는 그게 처음 듣는 말은 아니었기에 그다지 놀라지는 않았지만, 어쩐지 이번엔 진짜 마지막이라는 예감이 들어서 그날 밤 그의 휴대폰에 간절한 메시지를 남기는 일은 하지 않았다. 이제, 대다수의 연인들이 밸런타인데이나 크리스마스 이후에 헤어진다는 통계자료를 인터넷 기사에서 찾아내 읽으며 자신의 현재를 보편화해야 할 차례였다. 그런데 이튿날 밤 유성에게서 전화가 왔다.

"부탁이 좀 있어요."

유성은 석재의 동생이고, 석재와 혜리보다 네 살이 어렸다. 지난 육

년간 유성이 그들 연애사에 중요한 역할을 했던 적은 없었고, 헤어지는 데도 무슨 역할을 했던 건 아니었다. 그런데 이제 그는 그녀에게 어떤 역할을 요구했다.

"사랑 얘길 쓰는데, 여자를 잘 몰라서요. 여자를 알아도 뭐, 여자만큼 알아야죠."

"나 같은 여자 얘기면 형님이 전문가인데요."

혜리는 좀 차갑게 말했지만, 언제나 그랬듯이 존대어를 썼다. 누구에게나 그랬다. 직장동료, 선배, 후배와 그들의 지인들에게 모두 다. 그녀가 스무 살 이후 편하게 말을 놓았던 사람은 몇 안 되었는데, 석재는 그런 사람들 중에서 그녀가 가장 가깝다고 느껴봤던 사람이었다. 그의 남동생은 그가 아니었다.

"안 해요. 못해요."

그녀는 포옹을 거절하는 숙녀처럼, 휴대폰에 대고 정확한 발음으로 말했다.

"괜찮아요. 제가 잘할게요."

그는 이미 바지춤을 내린 연인처럼 말했다. 그래서 그렇게 그날의 인터뷰가 시작됐다.

## 유성과 혜리

날씨가 변덕스러웠던 2월 한 달 중에서도, 그날은 좀 유별났던 날로 기록됐다. 그러나 그 전날 밤 뉴스에서 기상캐스터는 다음날은 전날만큼 쌀쌀하겠다는 정도로만 예보했다. 혜리는 모자가 달린 빨간색 반코트를 옷장에서 꺼내 챙겨둔 뒤 침대 위에 엎어져 잠이 들었다. 새벽녘에 그녀는 이상한 꿈 때문에 한 번 깨어났다. 꿈 내용은 눈을 뜨자마자 흩어졌지만, 누군가의 장례식에 갔던 것만은 희미하게 기억이 났다. 그녀는 자리에서 일어나 얼굴을 감싸안고는 침대에 걸터앉은 채 좀 울었다. 그리고 아침이 되자 거울 앞에 서서 퉁퉁 부은 자기 눈두덩을 쳐다보며 유성에게 전화를 걸었다.

"안 되겠어요."

"왜, 형 땜에요?"

혜리는 순간 좀 놀랐지만, 이내 그게 석재와 데이트가 있느냐는 평범한 질문일지도 모른다고 생각했다.

"친구 아버지가 돌아가셨어요."

"제가 기다릴게요."

유성은 약속 날짜를 다시 미루어 잡자는 말을 이어가려 했는데, 혜리가 거기다 대고 대뜸 병원 이름을 말했다. 그 바람에 그는 잠깐 말문이 막혔다. 그녀는 그럼 오후 두시에 명동성당 사거리 쪽에 있는 백병원 앞으로 오라고 말하고는 전화를 끊었다.

혜리가 병원 앞 벤치에 앉아 유성을 기다리는 동안 눈이 내리기 시작했다. 목발을 짚은 남자애 하나가 환자복 위에 초록색 파카를 걸치고서 벤치 쪽으로 다가와 담배에 불을 붙였다. 그 뒤로 중년 여자가 꽃무늬 홈드레스 차림으로 걸어와 자판기에서 커피를 한 잔 뽑았다. 그 둘은 담배와 커피를 바꾸어 들고서 벤치에 앉더니 여자는 담배를 피우고, 남자애는 커피를 한 모금 마셨다. 혜리는 눈을 맞으며 휴대폰을 들여다보다가 문득 고개를 들었다. 유성이 자기 쪽으로 걸어오는 것이 보였다. 그녀는 휴대폰의 전원을 껐다.

"내가 많이 좋아했거든요."

혜리는 인사보다 먼저 그렇게 말을 건넸다. 유성이 혜리의 부은 눈두덩을 살피면서, 뭐든 죄다 수긍할 수 있다는 듯이 고개를 끄덕이고는 물었다.

"친구요? 친구 아버지요?"

혜리는 그 순간 유성이 정말 아무것도 모르는가보다고 판단했다.

"암튼 개보다 내가 더 울었어요."

혜리가 그렇게 말하며 코트에 달린 모자를 뒤집어쓰고는 유성의 옆에 다가섰다. 둘이서 병원 입구를 빠져나와 사거리 쪽으로 걸었다. 횡단보도 앞에 다다라서야 유성은 혜리의 코트 소맷자락을 잡았다 놓으며 조심스레 물었다.

"근데, 옷 색깔이 이래서 괜찮았어요?"

혜리는 대꾸하지 않았다.

신호등이 초록색으로 바뀌었다. 혜리는 빠른 걸음으로 앞서나갔다. 유성이 그 뒤를 천천히 따라갔다. 눈발이 굵어지며 바람에 마구 흩날렸다. 혜리가 길을 다 건넌 뒤 돌아서서 유성을 기다렸다. 큰 키에 구부정한 어깨, 좁은 이마가 다 드러나 보이도록 짧게 다듬은 앞머리. 그가 웃을 때는 눈이 가늘게 되어 눈동자가 사라지면서, 벌어진 입술 사이로 가지런하고 하얀 치아들이 드러났다. 보통의 키에 어깨가 넓고 이마가 좀 튀어나온 형과는 많이 다른 외모였다. 석재는 자기네 형제가 겉모양만큼이나 성격도 다르다는 얘길 그녀에게 몇 번 해줬다.

동생이 사춘기를 좀 요란스럽게 보낸 편이었고, 최근엔 비타민과 관련된 회사에 입사했으며, 평일 밤과 휴일에는 혼자 시나리오를 쓴다는 것, 그리고 일찍부터 집을 나가 산 무심하고 엉뚱한 녀석이라는 것, 형제가 데면데면하다는 것도. 하지만 그 무심한 녀석은 어쨌든 석재와 혜리가 부산으로 여행을 가던 때 손수 방을 잡아주고, 숙소 근방의 맛집과 편의시설 정보를 두 사람 모두에게 이메일로 넣어준 사람이기도 했다. 트래비스와 아델에게, 프롬 유성(혜리의 이메일 아이디는 아델이었고, 석재는 트래비스였다).

석재와 싸우고 헤어졌다 다시 만나는 걸 반복하는 동안, 혜리는 유성과 커피를 한 번, 밥을 두 번 함께 먹었다. 세 번 다 석재와 셋이서. 전부 합해 세 시간을 넘기지 않았던 만남이었다. 그중 한 번은 유성이 눈두덩에 퍼렇게 멍이 든 채로 하얀 면 티셔츠에 피를 묻히고 나타났다. 그때 석재는 혀를 찼다. 유성은 말없이 미소지었고, 혜리는 이직을 준비하느라 테이블 위에 면접 예상 질문들과 관련 정보를 늘어놓고 살펴보고 있었다. 아이들 문구류를 주로 만들어 파는 회사였다. 그녀가 중얼중얼 혼자서 말하다가 미소짓다 눈을 깜박이며 고개를 들었을 때, 석재는 그녀를 보고 은근한 눈길을 보내며 손등으로 턱을 괴었다. 그 옆에서 유성은 햇빛이 쏟아져들어오는 창 쪽으로 고개를 튼 채 밖을 내다보고 있었다. 부신 빛 때문인지 그는 얼굴이 약간 일그러져 있었는데, 얼마 안 있어 가방을 챙겨들고 자리를 떴다. 주문했던 커피의 절반 정도를 머그잔에 그대로 남겨둔 채로. 이런 게 그녀가 아는 그의 전부였다.

유성이 길을 건너와 혜리의 옆에 다가섰다. 그는 점퍼주머니에서 포켓캠코더를 끄집어냈다. 그리고 그걸로 눈 내리는 하늘과 빌딩들, 지나치는 버스와 맥주박스를 실은 트럭, 택시, 행인 들의 모습을 훑더니 고개 숙여 젖은 길바닥을 화면에 담고는 정지 버튼을 눌렀다. 혜리는 유성을 따라서 발끝으로 시선을 떨어뜨려보았다가, 문득 자기의 온전한 자기가, 또 그런 자신의 온전한 남이 되고 싶다는 생각을 했다. 그녀는 한 편의 영화 주인공처럼 "이 길은 내가 잘 아는 길이지만, 잘 모르는 길이었으면 좋겠어요"라고 말하더니, 그런 건 다 그냥 해본 헛소리라는 듯이 고개를 좌우로 흔들었다. 그녀는 갑자기 웃었다.

그들은 커피 전문점에 자리를 잡을까 해서 두 군데를 들어가 둘러봤지만 결국 그냥 걷기로 했다.

"많이는 못 도와요. 성실하지도 않을 거예요. 오늘은 기분이 별로예요. 어제가 괜찮았단 건 아니고요."

혜리는 수다스러워졌다.

"딜레마가 있나요? 러브 스토리에는 장애물이 있어야죠? 뭘 장애물로 할 건데요?"

질문들도 한꺼번에 쏟아냈다.

"아직 주인공들 이름도 못 정했는데요."

"무책임한 사람! 대책이 없네요."

혜리가 힐로 땅바닥을 탁탁 가볍게 치면서 타박했다.

"누가요? 제가요?"

유성이 물었다. 그래서 혜리는 그를 다시 올려다봤다. 정말은 뭘 알고 있기 때문에 날 보자고 했던 건 아닐까. 혜리는 잠깐 유성의 눈을 들여다보았지만 그때 그들이 서 있던 길을 향해 관광버스 두 대가 줄지어서 한쪽 골목으로부터 빠져나오고 있었으므로 둘 다 길을 비켜서야 했다.

"여기서부터 저기까지가 다예요. 저기서 난 택시 타고 집에 가려고요."

관광버스가 떠나간 뒤 혜리가 유성에게 다가와 말했다. 유성은 혜리가 말한 여기와 저기를 눈으로 가늠해봤다. '여기'는 그들이 서 있는 가톨릭회관 근처였고, '저기'는 롯데백화점이 바라보이는 명동 입구였다. 길지 않은 직선거리. 유성은 곧 신중한 자세로 이런 말을 했다.

"딜레마는, 있어요, 그니까."

그리고 그는 명동성당 쪽으로 방향을 틀어 오르막길을 올랐다.

유성이 성당 정문께 멈춰 서서 신발끈을 고쳐 묶었다. 뒤따르던 혜리가 서성이다 거기 서 있는 안내문을 들여다봤다. 사적 제258호. 1892년에 짓기 시작해서 1898년에 완공됐다. 바람이 잦아들었다. 성당을 지을 만한 시간 동안 연애를 했던 남자의 동생과 걷는 길은 이상한 꿈과 꿈 사이의 순례 같았다. 사제관 앞의 단풍나무 밑을 걸어나갈 때, 눈은 멈췄고 그녀의 마음도 고요해졌다. 유성이 양손을 주머니에 찔러넣은 채, 딜레마에 관해 말했다.

"남자가 감옥에 갇혔거든요."

유성은 남자 주인공의 잭나이프와 모든 일이 파탄난 6월의 어느 아침, 여자 주인공의 흔들리는 눈동자와 부서진 유리창, 거리를 뛰어다니던 아이들이 내지른 비명소리, 그리고 그 전날의 저녁 식탁과 노란 조명, 투박하지만 아름다웠던 원목탁자와 꽃병에 대해 얘기했다.

"그리고 다른 남자가 나타나나요?"

혜리가 묻자, 유성은 잠깐 걸음을 멈추었다. 그는 다시 포켓캠코더를 꺼내들고 지하성당 고해소 앞으로부터 붉은 벽돌로 쌓아올린 건물을 훑어올라갔다. 그때 올려다본 외벽의 유리창 안쪽에서 누군가의 얼굴이 나타났다 사라졌다. 그리고 그 길을 돌아나와 성모상 앞에 다다랐을 때는 연두색 한지로 감싸인 조그마한 화분 하나가 바라보였다.

"기도해본 적 있어요?"

혜리가 유성에게 물었다.

"종교는 없어요."

유성이 대답했다. 혜리는 처음 걸어봤던 변두리 길가에서 작고 예쁜 교회를 만났던 걸 기억했다. 거기 들어가서 애인과 기도를 하고 서로에게 기도의 내용을 말하지 않았던 것, 교회 밖으로 나오면서 그가 자기 왼쪽 어깨에 손을 올리던 때 사람들이 지나가다 그들에게 길을 물었고, 둘이서 한꺼번에 고개를 가로저으며 천진하게 웃었던 것도. 그 애인이 석재는 아니었다. 그녀의 첫사랑은 그보다 멀고 아련했다. 그녀는 그 추억을 떠올리며 누군가에게 들었던 다른 얘기를 했다.

"어떤 여잔 남자가 셋 있었는데, 두 사람하곤 학교 다닐 때 캠퍼스에서 만났고, 한 사람하곤 쇼핑몰에서 만났대요. 새로 들어간 벤처회사에는 손님들이 늘 들고 났고, 보고서를 많이 작성했다거든요. 그 여자는 주로 자료 수집하는 일, 손님들 접대하는 일을 했는데, 어느 날 점심시간에 회사 건물 밖으로 나가서 회사로 다시 돌아가지 않았대요. 쇼핑몰에서 노래하는 남자한테 반해서요. 그 남자는 아주 신나는 노래를 슬프게 부르는 재주가 있었는데, 노래 부르는 일을 하기 전에는 봉산탈춤도 췄대요. 쇼핑몰 앞에서요."

"설마."

"진짜. 여기 왔었다고도 했어요. 무슨 기도 했을까?"

혜리는 이어서 "나도 종교는 없어요" 하고 말하더니 지갑에서 천 원짜리를 한 장 꺼냈다. 그녀는 그걸 들고 봉헌함으로 다가가 그 안에 지폐를 접어넣고는 진열대에서 작은 컵초를 하나 골라 꺼내들고 불을 붙였다. 진열대 옆의 촛불 봉헌대 안에서 사람들의 소망들과 염원들이 작은 불꽃들로 타오르고 있었다. 혜리는 들고 있던 초를 조심스레 그 안으로 밀어넣고는 문을 닫았다. 유성은 그 모습을 가만히 바라보다가 고개를 숙였다.

"제가 부족한 건지."

혜리가 다가오자 유성이 그렇게 말하며 손가락으로 자기 입술을 만지작대다가, 다시 그 손을 입술에서 떼어내며 말했다.

"그런 여자들을 잘 모르겠어요."

그들이 성당을 한 바퀴 돌고 올라왔던 길을 다시금 내리막으로 바라보고 섰을 때는 YWCA 건물과 금융, 증권, 은행자로 끝나는 건물들이 그들 앞에 늘어서 있었다.

"형은 저보다 사촌들이랑 더 친했어요. 매사에 서로 경쟁적이었는데, 나중엔 서로 경쟁사에 들어가데요. 형은 센스가 있어요. 그죠?"

유성이 그렇게 혜리에게 질문을 던졌다. 그 말은 맞았다. 석재는 자기한테 손해가 될 일을 저질렀던 적은 한 번도 없었다. 감이 좋은 투자자 같은 데가 있었다.

"난 형한테 마이너스통장 같은 여자였을 거예요. 난 돈이 많이 드는 여자거든요."

혜리가 대답했다. 거짓말이었다. 하지만 그래놓고 보니 못된 년이 된 것 같은 기분이 들었고, 그게 나쁘지는 않았다. 그녀는 이따금 석재에게 너처럼 착하고 좋은 애는 없다는 말을 들었다. 두 사람이 영원할 거라는 말도 나눴다. 바닷가. 모래사장. 바람에 떠오른 모자를 잡아 다시 쓰면서 그녀는 웃었고, 그도 웃었다. 혜리는 갑자기 입을 다물었다. 유성에게 자기가 그의 형한테 어떤 여자인지를 조금 전에 과거형으로 말했다. 센스가 없었다. 아니면 그걸 알아차리지 못하고 곁에서 걷고 있는, 그 센스 있는 남자의 이 키 큰 남동생이 센스가 없는 거였다. 유성이 포켓캠코더를 가까이 들고 상점들의 모습을 담았다. 그들 앞에는 '명동음악사'란 작은 음반점이 서 있었고, 그 양옆은 각각 이름이 다른 돈가스 전문점이었다. 유성은 포켓캠코더를 이번에는 혜리 쪽으로 돌렸다. 음반점에서 노래가 흘러나오고 있었다. 마이클 잭슨이 부르는 〈스마일〉. 혜리가 아직 붓기가 가시지 않은 눈꺼풀을 가리려고 모자 끝을 끌어내렸다. 고개를 돌리지는 않았다. 행인들이 그들을 비켜갔다.

### 아델과 트래비스

목에다 식당 광고판을 건 남자가 눈을 감은 채 고개를 뒤로 꺾었다.

혜리도 남자를 따라 하늘을 올려다보려다가 말았다. 남자의 얼굴에는 표정이 없었고, 광고판 속의 딱따구리 캐릭터만이 웃고 있었다. 소문난 식당. 요리 프로그램 〈달인의 전당〉에 나온 주방장이 요리함. 불고기백반과 기막힌 만두.

"트래비스."

유성이 말했다.

"이름이 아직 없으니까 일단 트래비스라고 칠게요. 감옥 간 남자요."

"예."

"트래비스가 감옥에서 나오니 아델이 냉담해졌어요."

유성이 그렇게 말하자, 혜리가 입술을 약간 실룩거리며 반응했다. 아델. 그들이 지나치고 있는 명동예술극장 앞의 나무 한 그루 아래에서 머리칼을 길게 기른 외국인 남자 둘이 악기를 연주했다. 네모난 여행가방을 열어놓고서. 챙이 넓은 모자에 망토를 두르고서. 흰 목도리로 목을 칭칭 감은 여자가 여행가방 가까이 다가가 허리를 구부렸다가 다시 돌아서서 걸어나오더니 골목길로 방향을 틀었다. 눈이 다시 내리는가 싶더니 비로 변했다. 유성과 혜리는 은행 건물 안으로 뛰어들어가 비를 피했다. 유성은 비 오는 거리 모습을 포켓캠코더에 담고는 자기에게만 보이는 스크린이 그 거리 어딘가에 있는 것처럼, 그가 상상으로 보고 있는 그림을 혜리에게 얘기해주기 시작했다. 트래비스에 관한 거였다.

트래비스는 중학교 교사인 어머니와 가구점을 하는 아버지 사이에서 태어났다. 어렸을 때는 수줍고 말을 더듬어서 어머니의 근심거리였다. 아버지는 가끔씩 아들을 차에 태우고 시내를 돌았다. 아들은 아버지를 좋아했다. 트래비스는 변성기를 겪으면서 희한하게 말 더듬는 버릇을 고쳤다. 어느 날 아침 매력적인 중저음의 목소리로 아들이 주방에서 또박또박 라즈베리소스를 곁들인 오리구이 레시피를 읽는 소리를 듣고서 어머니는 가슴이 두근거렸다. 트래비스는 그날 여섯 가지 요리를 저녁 식탁에 올려놓았고, 가구점에서 돌아온 아버지는 당연하다는 듯이 밥을 두 그릇 먹었다.

부모는 그때 아들이 요리사가 될 줄 알았다. 칼을 잘 다루고 목소리가 좋은 요리사. 그러나 트래비스는 나쁜 친구들과 어울렸고(그 친구들의 부모들은 트래비스가 제일 나빴다고 증언했지만), 인생은 생각만큼 잘 풀리지 않았다.

트래비스의 아버지는 아들에게 가구점을 물려주고 싶어했지만 경기가 나아지지 않았기에, 운영이 어려워진 가구점을 친구에게 팔아넘겨야 했다. 생계는 주로 어머니가 책임졌다. 어머니는 해마다 남편의 겨울옷을 뜨개질해 입힐 만큼 남편을 아꼈지만, 다른 로맨스도 있었다. 어느 겨울 트래비스의 어머니는 남편을 떠났고(그래서 그녀에게 새로운 인생이 시작된 것인지는 알 수 없지만), 감옥에서 돌아온 트래비스는 평범한 가장이 된다. 자기 차에 말을 잃은 아버지와 앳된 애인을 태우고서 불빛이 넘치는 거리를 물처럼 흘러가는 어느 휴일 저녁, 라디오에서는 귀에 익은 연주곡이 흘러나온다.

혜리가 웃었다. 비는 거리를 적시고서 지나간 뒤다.

"그 어머니가 아델인 건가요, 그럼?"

혜리가 웃음을 거두고 물었다.

"아니 마지막에 차에 탄 앳된 여자가요."

"아이고. 갈 길이 좀 멀겠어요."

혜리가 모자를 벗으며 거리로 나와 다시 걸었다. 유성은 고개를 수그리고 그녀를 뒤따랐다. 낙담이 되지는 않았다. 그가 아는 사람들과 그가 아는 사람들의 또다른 아는 사람들의 인생이 담긴 이야기였지만, 결과적으로 전혀 다른 이야기였다.

명동 입구가 가까워올 즈음, 목청이 좋은 중년 남자가 가슴에 띠를 두르고 나타나 "심판의 날이 가까워오니 주 예수를 믿으십시오. 예수 천국, 불신지옥!"이라고 외쳐댔다. 이번에는 혜리가 그 남자를 피해 방향을 틀어 골목길로 들어서면서 말했다.

"여자 주인공이 입을 만한 옷을 골라볼게요. 계산은 자기가 하고, 옷은 내가 입고요."

유성이 어리둥절해져서 눈을 깜박였다.

"그럼 저기 가서 내가 따뜻한 음식을 사고 내 얘길 해주는 걸로요."

혜리는 손가락으로 아무 곳이나 찔러 가리키며 말했다. 그렇게 해서 그들은 골목길로 들어서서 두번째로 만나게 된 옷집에서 스웨터 하나를 골랐고, 그다음은 명동 입구께 서 있는 상가 건물에 올라 조용한 식당을 찾아보기로 했다. 그들이 고른 옷은 결국 평범한 아이보리색 스웨터에 불과했다. 그걸로 합의를 보기까지는 말씨름하는 시간 십 분 정도가 소요됐다. 그 스웨터가 감옥에서 나온 트래비스가 아델에게 주는 선물로 변하는 데는 일 분이 채 안 걸렸다.

그들이 자리잡은 삼층의 일식집은 좁고 길었다. 검은색 테이블들과 의자들이 출입구부터 반대편 모서리까지 가지런히 이어졌다. 창으로 거리가 내려다보였고, 카운터에는 연회색 나뭇잎 모양이 새겨져 있었다. 테이블 위쪽으로 하나씩 매달려 있는 노란 등 때문에, 유성과 혜리의 얼굴은 자리에 앉자마자 환하게 빛났다. 그들의 옆 테이블에서 나이든 여자와 어린 여자가 우동과 초밥을 나눠 먹었다.

"엄마!"

어린 여자가 미소를 지으며 나이든 여자를 쳐다봤다. 나이든 여자가 초밥에 간장을 찍어 어린 여자의 접시에 놓아줬다.

"저번에 정말 연락하려고 했는데 나도 친구들하고 지내고 하다보니까 또 잊어먹은 거야. 그날 밤 있잖아, 열이 많이 나가지고 내가 헛소리를 했다는데, 나는 모르고 꿈만 계속 꿨던 거야. 근데 꿈속에서 아빠가 우리집 천장에 구멍이 뚫렸다고 지붕으로 올라간다는 거야. 좋은 꿈인지 나쁜 꿈인지 모르겠는데, 깨고 나서 가슴이 벌렁거리는 거야. 그런데."

그런데 그녀의 아버지는 그다음날 다리를 다쳤다. 어린 여자는 집에 연락을 못하고 시험을 봤다. 나이든 여자는 오전엔 남편이 치료받고 있던 대전의 병원에서 보냈고 그 밤엔 서울에서 어린 딸이 우는 걸 지켜봤다.

유성이 정식세트를 주문하고 나서 포켓캠코더의 녹화 버튼을 누르고는 테이블 위에 그걸 놓았다. 음식점의 조명과 천장의 모습 속에 그들의 목소리가 담기기 시작했다.

"어디서 태어났어요?"

유성이 물었다.

“여의사가 하는 산부인과에서요.”

“자랄 땐 어떤 아이였어요?”

혜리가 웃었다.

“모든 걸 믿는 애였던 것 같아요.”

혜리가 그러고서 잠깐 머뭇거렸다. 그녀는 휴대폰을 가방에서 꺼내 켰다. 좋은 조건으로 대출을 받아가라는 광고 메시지, 그녀의 친구가 왜 휴대폰을 꺼두느냐고 따져 물으며 시작하는 안부 메시지, 카드 결제금 안내 메시지, 그 밖에 전원을 꺼두어 못 받은, 그러나 받지 않아도 큰일날 일이 없는 전화 몇 통. 석재의 메시지는 없었다. 그녀는 휴대폰을 테이블 위에 놓아뒀다.

“왜 시나리오를 써요?”

이번에는 혜리가 물었다.

“왜 일찍 집을 나왔어요?”

대답은 두 번 다 돌아오지 않았다.

“두 질문이 상관있나요?”

혜리가 다시 고쳐 묻자, 유성이 꼭 그렇지는 않지만, 몇 가지 가정에 가정을 더하면 그럴지도 모른다고 대답했다. 옆 테이블이 조용해졌다. 그러니까 두 테이블이 모두 조용해진 거였다. 그 가정들에 대해서 혜리는 궁금하지 않았다. 그래서 더 묻지 않고 물을 한 모금 마셨다. 옆 테이블에서 다시 대화가 이어졌다.

“이불 새로 사야 돼. 엄마가 봐줄 거야?”

“뭐든. 너도 엄마 봐줄 거야?”

옆 테이블의 모녀가 서로에게 질문했다.

"좋았던 일은요?"

"나에 대해서 조금씩 더 알아갈 때요. 연애할 때요."

"나빴던 일은요?"

"좋았던 때를 가끔씩 나쁘게 생각하게 될 때요."

모녀의 옆 테이블에서 유성과 혜리가 문답했다. 종업원이 유성과 혜리의 테이블로 주문한 음식들을 놓고 갔다. 그들은 밥과 국을 떠먹기 시작했다. 혜리는 아델에 대해 알 것 같았다. 그녀가 아는 아델은, 그녀를 닮은 아델이었다.

아델은 어머니보다 열세 살 많은 아버지 밑에서 자라났다. 그게 아버지의 두번째 결혼이었는데, 두번째 결혼생활 역시 오래가지 못했다. 아버지는 자상했지만 엄격했고, 첫번째 결혼에서 실수했던 것들을 두번째 결혼에서 모두 만회하려 했다. 어머니는 아델과 많이 닮지 않았다. 정돈할 줄 모르는 여자여서 사방을 어지르고 다녔다. 물건이건 사람이건, 그녀가 스쳐간 자리는 곧장 어수선해졌다. 아델의 아버지는 그런 어머니를 사랑하고 또 미워했지만 티내지 않았다. 헤어질 때도 그랬다. 아버지에게 그건 아직 완전히 정리되지 않은 무엇이었고, 어머니에게는 다른 어질러진 관계들의 연장이었다. 어머니는 새로 결혼을 하지는 않았다. 다만 늘어놓은 자리를 떠나는 게 그녀의 습관인 만큼 한국을 떠나 언니가 살고 있는 캐나다로 갔다. 그곳에서 그녀의 언니가 운영하는 식당의 자리 배열을 헝클어뜨리면서, 언니의 비난을 흘려들으면서, 나름대로 자기 삶에 회의하지 않으려 노력하는 생활을 하고 있을 것이다. 아델의 첫사랑은 그녀에게 금세 싫증을 냈다. 두번째는 길게 이어졌지만, 첫번째보다 아팠고, 그만큼 그녀를 성마르게, 또 초연하게 했다. 첫번째 사랑이 시작되었을 때와 끝났을 때, 그리고 두번째 사랑이 아팠을 때와 행복했을 때, 그녀는 자신이 머물렀던 공간들과 시간들, 전경들과 후경들을 사진 찍어 엄마에게 우편으로 보냈다. 답장은 없었지만, 특별한 코멘트를 바랐던 적은 없었으므로, 그대로 괜찮았다. 흥미로운 점은, 그녀가 엄마처럼 그렇게 무정해 보이는 데가 있는 사람들을, 어딘가로 떠나가는 것처럼 보였던 사람들을 때로 이해하고 싶다는 마음으로 바라보게 된다는 거였다.

옆 테이블의 모녀가 일어섰다. 얼마 안 있어 그녀들의 모습이 창밖으로 내려다보였다. 모녀가 연인처럼 팔짱을 끼고, 혜리와 유성이 걸어내려왔던 길을 반대로 거슬러오르고 있었다. 편의점과 커피 전문점과 성형외과와 은행과 치과와 운동화 전문점과 화장품 전문점 들로 들고 나는 인파들을 스치며, 어느 다른 길, 다른 골목으로 접어들면서, 이내 시야에서 사라지게 될 것이다. 그녀들은 가던 걸음을 멈추고 동시에, 뒤를 돌아다봤다. 뭔가를 망설이며 찾듯이. 그러고는 서로 얼굴을 마주보고서 고개를 끄덕였다 흔들었다 하다가 도로 고개를 돌려 전보다 빠른 속도로 걸어나갔다.

## 시네마

거실의 커튼 색깔은 집 안의 모든 것 중에서 가장 희다. 그다음은 전등갓. 진갈색 장식장은 가장 어둡다. 다음은 소파. 거기 모로 누워 있는 남자의 발이 보인다. 매끈하다. 그의 구두들도 아마 정결할 것이다. 연인의 집 신발장 앞에서 뒹굴고 있을 때조차도, 눈에 띄게 두 짝 다 광이 날 것이다. 하지만 이곳은 연인의 집이 아니고 오래된 아파트 오층, 그의 집이다. 아래층에 사는 여고생은 주말 오후가 되면 언제나 그랬듯이 텔레비전의 볼륨을 높인 채 오락 프로그램들을 돌려 보면서 간혹 자지러지게 웃고 있다. 그는 일어나서 청소기를 돌리기 시작한다. 그의 아버지가 방문을 열고 거실로 나와 물을 한 컵 따라 마시고서 작은아들이 지난달에 보내준 비타민은 그전에 보내준 비타민보다 목 넘김이 좋다고 한다. 전의 것은 알이 너무 커서 삼킬 때 역했다고. 그지, 석재야? 청소기는 소음이 적은 편이지만, 석재는 아래층에서 울려나오는 박장대소에 신경을 곤두세우다가 아버지의 말을 놓쳐버린다. 뭐라고요? 그는 아버지에게 다가가지만, 아버지는 대수롭지 않게 아들의 등짝을 한 손으로 살짝 밀어내고는 다시 방으로 들어간다.

그는 청소기를 다 돌리고 난 뒤에는 원두커피를 내려 마시고, 그다음에는 와이셔츠의 목 부분을 성능이 좋은 세제로 비벼 빨고, 옷 몇 벌을 꺼내 다림질을 한다. 그는 주머니에서 휴대폰을 꺼내서 다림판 옆에 놓아둔다.

일식집 문이 열리며 여학생 셋이 들어선다. 그들은 유성과 혜리가 앉아 있는 테이블을 코트 자락으로 스치며 지나가 그 열의 끝자리에 모여 앉는다. 혜리가 정사각형의 접이식 양면 손거울을 펴서 자기 눈두덩과 입가를 살펴보다가 거울의 각도를 조금 틀어 뒤쪽의 좌석을 비추어 본다.

"형을 첨 봤을 때는 언제, 어디였어요?"

"초여름, 일요일, 대중탕 앞이요."

"들어가는 길이었어요, 나오는 길이었어요?"

유성이 그렇게 묻고는 고개를 젓는다.

"이 질문은 좀 변태 같죠?"

혜리는 거울을 접어 가방에 넣는다.

"아뇨. 들어가려다 못 들어간 길이었어요. 내부수리중이라고 해서."

혜리는 망설이며, 고개를 갸웃하며, 귀 뒤로 넘긴 머리칼을 다시 빼서 턱 쪽으로 잡아당겨와 만지작대며 말한다.

"굉장히 공손하게 길을 물어오기에 가르쳐줬는데 가지를 않더라고요. 고맙다고 커피를 사겠다는데, 믿을 수 없겠지만 내가 따라갔어요. 목욕 바구니 들고서요."

그렇게 말하고는 갑자기 표정이 잠깐 정지된다. 그리고 이내 다시,

"죽음이 그렇게 가깝다고 생각하면 정말. 그 친구요. 아니, 친구 아버지요. 너무하죠."

유성은 포켓캠코더를 자기 쪽으로 당겨온다. 가벼운 심호흡. 배터리 아웃.

석재는 방으로 들어간다. 다림질을 마친 옷들을 옷걸이에 걸어두

고 책상 쪽으로 다가간다. 그의 책상 위에는 와이드 모니터가 딸린 최신 컴퓨터와 책들, 남성용 스킨과 로션, 다이어리, 노란색 포스트잇이 놓여 있다. 다음주 수요일까지는 기획안을 마무리지어 결재를 받아야 한다. 그는 컴퓨터를 켜고 파일을 불러온다. 파일이 열리자 그걸 열심히 들여다본다. 눈을 깜박이다 부드러운 솔로 모니터의 먼지를 털어내고, 서랍을 뒤적여 전자파 차단용 보안경을 찾고, 그걸 썼다가 다시 벗어 렌즈를 닦고, 다시 코끝에 걸쳐 쓴 뒤에 이마를 만지작대고는 파일들을 훑어본다.

"그건 어떤 전체 같아. 그런 걸 뺀 나머지를 인생이라고 말하는 건 두려운 일 같아요."

헤리가 말한다. 유성이 묻는다.

"형한테 전화해 나오라고 할까요?"

"네?"

헤리는 순간 표정이 멍해진다.

"아니, 이럴 땐 혼자 있게 해줘야겠죠. 저도 알아요."

유성은 그렇게 말하면서, 자기 말이 이상하게 들린다고 생각한다.

"프로젝트가 한창이겠죠."

유성은 다시 고쳐 말한다.

"우린 싸웠어요."

헤리는 그렇게 말해놓고 입술 끝을 잘끈 씹는다. 거짓말. 그렇게 단순하진 않았다.

"이게 백만번째야."

그녀는 간신히 웃는다. 이건 거의 참말.

석재는 발가벗고 욕조로 들어간다. 물이 뜨겁다. 상체를 점점 물속으로 끌어내려 코끝까지 남김없이 잠기게 한다. 하나. 둘. 셋. 그는 숨을 참다가 물 밖으로 머리를 내민다. 푸! 그를 놀라게 하려고 바닷물 속에서 숨을 참고 있다가 떠올라 웃던 혜리의 모습이 떠오른다. 모래사장으로 다시 걸어나왔을 때 그녀의 머리칼은 등에 착 달라붙어 있었고, 튼튼하고 매끈한 두 다리와 팔이 태양 아래 빛났다. 그는 그녀의 젖은 목덜미에 입을 맞췄다. 그가 화가 나 있거나 지쳐 있을 때면, 그녀는 자기 표정을 숨기고 한동안 나타나지 않았다. 열어놓은 옷장의 문짝 뒤로, 상점의 상품 진열대 사이로, 다른 사람들의 그림자 속으로. 그는 커다란 흰 타월을 몸에 두르고 화장실에서 나온다. 젖은 머리칼에서 물이 뚝뚝 떨어진다. 침대 끝에 걸터앉아 휴대폰을 만지작거리다가 던져둔다. 머리칼을 두어 번 쓸어올리다가, 다시 물 묻은 손으로 휴대폰을 집어와 그녀에게 전화를 건다.

혜리는 이제 다른 이야기를 하고 있다. 그녀가 아는 다른 여자들과 남자들에 관해. 그녀가 잘 아는 거리와, 모르는 골목들과, 빈 의자들에 관해.

"명동에는 관광가이드들만이 아는 그들의 쉼터가 있대요. 난 그게 어디쯤인지 몰라요."

혜리가 말한다.

"이 거리 어느 골목에는 '만약에'라는 간판이 붙은 호프집이 있는

데, 오래된 회색 건물 지하에 있고, 밤 열시엔 항상 블루스를 틀어준대요. 나도 거길 몰라요."

유성이 말한다. 그들은 눈으로 거리를 좇는다. 혜리의 휴대폰이 테이블 위에서 부르르 울린다. 그녀는 망설이다 전화를 받는다.

"어디 있어? 밥은 먹었어?"

석재가 묻는다. 마치 방금 전에 만났다 헤어진 사람처럼. 그녀는 전날 밤에 그에게 마흔여섯번째나 쉰두번째 다툼 이후에 이미 줄곧 자기들이 좋은 친구가 아니었는지 묻고 싶었다. 그들은 아직 연인인지, 친구인지, 이건 정리되지 않은 마지막의 연장인지, 매번 다른 시작들의 변주인지. 그 대답들은 일주일 후쯤 다시 궁금해질지도 모르지만, 지금은 아니었다.

"잠깐만. 나 뭘 보고 있어."

혜리가 휴대폰에 대고 그렇게 말하자 유성이 창에서 고개를 돌려 그녀를 쳐다본다. 혜리는 오른손에 들고 있던 휴대폰을 왼손으로 옮겨 잡고는 오른손 손바닥을 유성의 왼뺨에 갖다대며 미소를 짓는다. 그녀는 소리내지 않고 입술 모양으로만 '고마워'라고 반말로 그에게 인사하고는 손을 내린다. 유성은 잠시 시선을 떨어뜨렸다가 다시 눈을 들어올려 그녀에게 미소를 되돌려준다. 그리고 두 사람은 동시에 거리를 내려다본다.

"뭘 보는데?"

석재가 묻는다.

"영화. 지금 사람들 이름이 올라가고 있어."

혜리가 대답한다. 너무 많은 것들이 떠오른다. 한 관계 속에 있는 많은 관계가, 한 거리에 오고가는 무수한 사람들과 이야기가. 그리고 휴대폰 저편에서는 이 도시에서 가장 가깝게 느꼈던 남자의 숨소리가 들려온다.

# 아마도 악마가

그녀는 모델 에이전시에서 버린 물건이라고들 했다. 몸매는 끝내주지만 성격은 지랄맞고 근성은 없는, 그렇고 그런 애들 중 하나라고. 그러니까 그녀 아버지가 이 바닥 좁은 줄 알면서도 오디션장 복도에서 딸의 머리채를 잡아당기고 언성 높여 욕설을 퍼부으며 짐승처럼 날뛰는 것 아니겠냐고. 그런 부녀라면 운이 좋을 때도 사고를 치기 십상이고, 그러고 나면 뭔가 말이 되게 포장하기에는 이미 상당히 난처한 일이 되어 있기 마련이니까, 한 방 터지면 크게 터지겠지만 그러나 저러나 돈 드는 폭탄이긴 마찬가지인 거라고.

그녀 이름은 나희. 본명인지 예명인지는 모른다. 그녀 아버지는 젊어 무역회사를 하면서 일본과 중국을 오갔다고 하는데, 무역업으로는 크게 재미를 못 보고 복권 사업에 투자를 해서 한때 목돈을 거머쥐었다고 한다. 그런데 무슨 유전을 개발한다는 사기꾼에게 속아넘어가 어이없이 큰돈을 날려버린 뒤에는 한동안 종교에 매달렸단다. 그 부분에 대해서는 사람들이 조금 동정을 표했다. 교회 건축헌금으로 내놓은 액수가 형편에 비하면 과하다 할 수 있었는데, 그런 식으로 천국을 예약할 수 있다고 믿는 그 인간성에 측은한 데가 있다는 것이었다.

*

지난여름의 일이었다. 내 나이 스물다섯, 결핵을 진단받았다. 감기 증세로 병원을 찾았는데, 황당하게도 검진 결과가 그랬다. 담당 의사가 스트레스로 면역력이 저하됐을 수 있다며 휴식을 권했다. 제대 후 복학을 준비하면서 수영장 바닥과 탈의실 청소 아르바이트로 번 돈은 한꺼번에 병원비로 날아갔다. 60~70년대 배경의 신파 드라마에서 골방에서 시를 쓰며 폐결핵을 앓는 시인 이야기를 접한 적 있는데, 정말 암울한 내용이었던 걸로 기억한다. 나는 검진 결과를 누구에게도 말하지 않고서 운동화 판매 아르바이트를 더 뛰었다. 불경기라 매출은 그저 그랬고 몸 상태는 더 나빠졌다. 하는 수 없이 작은아버지에게 전화를 걸었다. 작은아버지는 부산에서 작은 주류 할인점을 하나 운영하고 있는데, 매출이 매년 반토막이 나고 있다며 곧 때려치워야 한다는 말을 친척들에게 늘어놓고 있던 중이었다. 아무튼 나는 되도록 뻔뻔하게 굴려고 노력했다.

"작은아버지밖에 없어요, 아 진짜."

나는 작은아버지에게 한 달간 생각을 정리하며 조용히 지낼 곳을 찾는다고, 도와달라고 말했다. 작은아버지는 내 아버지 생전에 우리 집에서 학비와 생활비를 받아 쓴 적이 있었다. 그리고 나란 인간은 부탁이란 걸 여간해선 잘 하지 않으니까, 그리 대단치도 않은 이 일 정도는 작은아버지가 어떻게든 해결할 거란 생각이 들었다.

나는 간단히 챙겨 갈 물건 목록을 만든 후에 곧바로 엄마의 화장품 가게로 전화를 걸었다. 근방의 다른 화장품 가게들이 폐업한 뒤에도 엄마의 가게는 그럭저럭 굴러가고 있는 편이었다. 엄마가 일정 금액 이상 구매 고객을 대상으로 네일케어와 피부마사지 서비스를 해주면서 동네 아줌마들과 친목관계를 유지하고 있기 때문이다. 나는 엄마에게 부산에 괜찮은 아르바이트 자리가 났는데 거기서 숙식을 제공받기로 했다고 거짓말을 했다. 엄마는 조금 서운해하는 눈치였지만, 이내 체념한 듯 너 좋을 대로 해야지 뭐 어쩌겠냐고 했다.

그날 밤에 엄마는 동네 아줌마들과 어울려 소주를 마시고 늦게 집에 들어왔다. 내게 무리하지 말라고 하면서 작은아버지에게 들어 아는 바가 있다고도 했다. 작은아버지가 아는 바는 실상 별로 없을 것이기 때문에 신경이 쓰이지는 않았다. 그런데, 그런 게 여자의 직감인가. 엄마가 내가 여름 감기로 고생한 적은 없었는데 안됐다며 '내 새끼' 하고 내뱉자 나는 포커페이스를 하지 못했다. 졸업까지 아직 삼 학기나 남아 있는 스물다섯의 결핵 환자를 아들로 두고 있다는 자각은 엄마의 건강에 그다지 좋지 않을 것이므로 나는 얼른 내 방으로 들어와 짐을 꾸리기 시작했다.

다음날 정오 무렵에 작은아버지와 다시 통화를 했다. 작은아버지는 친구 중에 기러기아빠가 세 명 있다면서, 그중 한 사람이 마침 직장에서 안식년을 맞아 한 달 동안 미국에 있는 식구들을 보러 가게 됐으니 내가 얼마간 그 집에서 지내면 되겠다고 했다. 그 집은 오 년째 남자

혼자 지내던 곳이라 깔끔하지는 않을 테지만, 주변에 괜찮은 수목원도 있으니 숨통이 트일 거라며. 단, 그 기러기아빠는 그전에 나를 직접 만나보기를 원했다. 나는 당연한 일이라고 맞장구치면서 기러기아빠의 전화번호를 받아적었다.

기러기아빠에게 세 차례나 전화를 걸었다. 하지만 자연스럽게 본론으로 이어가는 게 어려웠다. 그는 매번 다음에, 다음에, 다음에, 라고 말하고는 애매하게 전화를 끊었다. 그러다 어느 날 그가 먼저 내게 전화를 걸어왔다. 그는 서울에 있는 본사에 볼일이 있어 부산에서 서울로 올라와 있는 동안 잠시 짬을 내서 나를 만나볼 수 있겠다고 했다. 일이 그렇게 되어간 탓에 나는 약속 당일에는 좀 지쳐 있었다. 약속 장소는 빌딩 일층에 들어선 카페였는데, 점심시간이라 꽤 붐볐다. 사람들의 대화소리와 카페의 음악 소리가 뒤엉켜 머리가 멍멍해질 지경이었다. 나는 면접을 보는 자세로 성실히 묻는 말에 대답했다. 아직 군기가 들어 있는 내 모습이 그가 보기에 나빠 보이지는 않았던 것 같다.

"그래, 특별한 사정이 있다고 들었는데 그게 뭔지 물어봐도 되겠나?"

대답을 잘해야겠단 생각이 들었다. 그러나 또 한편으로는 이런 것은 그저 넘겨짚는 질문이니 너무 경직되면 안 될 거란 짐작도 했다.

"혼자 있는 시간 가져본 지 오래됐고, 또 아버지 돌아가신 지 얼마 안 돼서 생각이 많아지고 말입니다."

기러기아빠는 내 아버지 장례식에서 작은아버지가 많이 울었던 것, 내가 상주 노릇을 차분히 했던 것을 인상 깊게 기억하고 있다고 인사치레를 하더니, 고개를 두어 번 끄덕였다. 그리고 몇 가지 일러둘 말을 늘어놓더니 내게 잘해보라고 하고는 연락할 일이 생기면 전화하라고 미국에 있는 집 전화번호를 가르쳐주고서 회사로 들어갔다. 무척 더운 날이었다. 이렇게 시끄러운 곳곳에서 시간 내에 끼니를 해결하고 카페인도 섭취해야 하는 직장인들의 삶이란 어딘가 히스테릭할 수밖에 없다고 생각하면서 나는 그 건물을 빠져나와 횡단보도를 건넜다. 횡단보도 건너에서 비정규직 근로자들의 처우 개선을 요구하는 일인 시위자의 외침이 들려왔다. 사장은 반성하라. 사장이 그런 식으로는 반성하지 않을 것이 분명했다. 아무래도 내가 아프다는 걸 아무에게도 말하지 않은 게 다행이라는 생각이 불현듯 들었다.

상황이 좋지 않을 때는 좋은 생각을 해야 한다. 나는 좋은 생각을 하려고 노력했다. 이를테면, 나는 날개가 아주 커다란 새이고, 내 이마에는 노란 털이 별 모양으로 나 있어 제3의 눈처럼 보이는 게 아주 근사하다고 생각해본다. 또 다리가 긴 황새가 되어 풀밭 위를 천천히 걸어다니면 무척 우아할 거고, 세상은 두 배로 아름다워 보일 거라는 생각. 의사가 처방해준 약 속에 뭔가 좋은 성분이 있어서 내가 다른 꿈을 꿀 수 있다는 생각. 나는 그런 연상을 하며 택시에서 내렸다.

기러기아빠의 집은 주상복합건물에 있었는데, 일층에는 편의점과 약국이 있었고 이층부터 팔층까지는 층마다 둘씩 가정집이 들어서 있었다. 나는 열쇠로 문을 열고 들어갔다. 집 안은 생각보다는 정리가 잘되어 있었다. 그가 떠나기 전에 대강은 청소를 해두고 간 모양이었다. 세탁기와 가스레인지와 화장실 위치를 살핀 뒤, 우선 화장실에 들어가 가져온 치약과 칫솔과 비누, 타월, 면도기 등을 세팅했다. 그리고 냉장고를 열어보았는데 별다른 것은 없었고 맥주와 김치 정도는 넉넉히 있었다.

주인의 침실에는 들어가지 않았다. 그만큼은 예의를 차리고 싶었던 내 자존심 때문이다. 나는 거실에 마저 짐을 풀고 창을 열어 밖을 봤다. 기러기아빠가 식구들과 살던 집을 팔고 여기에 따로 거처를 마련해놓은 건 아마도 유학비용이 그만큼 굉장하거나 아니면 부동산 관련 이득을 보고자 했기 때문이겠지. 나는 내 이마의 노란 별이 바람에 흩날리고 있다고 상상했다. 기분이 좀 나아졌고, 그런 기분으로 맥주를 한 병 따 마셨다.

늦은 오후에 MP3플레이어로 음악을 들으며 근처에 있다는 수목원으로 나갔다. 수목원 입구에는 조악한 해태 동상이 하나 서 있었다. 나는 해태의 등허리를 만지려고 팔을 뻗다가, 등에 뭔가 묻어 있는 걸 보고는 손을 거두었다. 귀에 꽂은 이어폰에서는 에릭 사티가 흘러나오고 있었다. 어떤 여자가 내 앞으로 걸어와 말했다.

"하이."

입모양을 보니 그런 말인 것 같았다. 나는 그냥 멍청하게 그 여자를 바라봤다. 여자는 갈색 머리칼을 올려 묶었는데 목덜미부터 긴 팔다리까지 햇살 아래 드러난 피부가 종잇장처럼 하얬다. 내 귀로는 여전히 음악이 흘러들었다. 당신을 원해요. 당신의 풍성한 머리가 후광으로 빛나네요.

여자는 비죽 웃더니 내 이어폰 한쪽을 끄집어당겨 빼내고서 이번에는 내게 들리도록 말했다.

"하이."

평소의 나라면 그냥 내 갈 길을 갔을 테지만, 그때 나는 내가 매력남이 된 것 같아 기분이 괜찮아졌다. 나는 그 여자가 원래부터 내 여자였던 것마냥 그녀의 손목을 잡고서 수목원으로 걸어들어가기 시작했다. 아마 내 이마에 노란 별이 자라고 있었기 때문인지도 모른다. 여자는 거부하지 않았다. 외려 재미있는지 슬리퍼를 끌며 쿡쿡 웃기까지 했다.

나와 여자는 그다지 아름답다고 할 수 없는 인공적인 꽃밭을 지나 별로 개성 없는 나무다리를 건넜다. 그리고 연못이 나타나자 손가락으로 동시에 가리켰고, 그러고 나선 나무들과 나무들 사이로 난 길을 따라 걸었다. 우리 주위를 따라 걷던 중년 여자 둘은 어느새 뒤처졌다. 아이를 데리고 온 젊은 부부가 제멋대로 뛰어다니는 아이 뒤를 허둥대며 따라 뛰었다.

나는 그녀 이름이 나희이고, 나보다 다섯 살이 어리다는 것, 그리고 몇 년째 모델일을 하고 있으며, 웃을 때 드러나는 치아 여덟 개가 모두 반듯하다는 것을 알아냈다. 나희 아빠가 양치 후에 곧바로 사과를 사각, 소리내 씹어먹는 습관이 있다는 것, 좀 유별난 선글라스 수집광이라는 것은 나중에 알게 됐다.

"아, 아빠 때문에 돌아버리겠어. 여름이 끝나기 전에 내가 먼저 이 짓을 끝장내야지."

나희가 돌계단에 앉아 손부채를 부치며 혼잣말을 중얼거렸다. 내가 나희 말에 골똘해지니까 나희는 얼른 내 이어폰을 빼가서 그걸로 자기 귀를 막아버렸다. 나희가 음악을 통째로 차지하고 있어서, 나는 돌계단을 오르내리는 사람들의 대화 속에 남겨졌다. 여긴 경치가 좋잖아요. 공기가 좋잖아요. 가끔 와요. 정말요. 똑같은 모자를 쓴 중년의 남녀가 나를 스쳐지나가며 말했다. 에릭 사티가 지나가면 루빈스타인이, 루빈스타인이 지나가면 쇼팽이 되돌아온다. 혼자 남겨진 내게는 그들 중 누구도 도착하지 않는다. 나는 해가 지는 것을 느끼며, 여러 사람들 속에서 혼자인 것을 느끼며, 조용히 흐느끼고 싶은 기분으로 서 있었다. 여름이 끝나기 전에 나도 이 짓을 끝내야 한다. 사는 것같이 사는 기분에 대해서 다시 생각해봐야 한다. 수영장 탈의실은 금세 더러워지곤 했고, 드라이어 주둥이에는 누군가 물기를 말리다 흘리고 간 음모나 머리카락이 붙어 있기도 했다. 어쩌다 금반지를 빼두고 잊고 가는 남자들이나 여자들도 있었다. 세 개를 주웠다. 세 개의 사연을 팔았다. 누군가 버리고 간, 아니 누군가 잠시 숨겨두려 했을 그것들을 시세보다 싸게 팔았다. 내 페이는 얼마 되지 않았으니까 세상일이 그런 식으로 돌고 돈다고 생각할 수 있었다.

수목원 출구에 다다르자 나희가 저쪽에 제 아빠가 서 있다고 말하더니 손을 흔들었다. 저만치에서 나희 아빠도 두꺼운 팔뚝을 흔들어 허공을 저으며 우리를 알아본 체했다. 하늘을 바다라고 생각하고 노를 젓듯이 느긋하고 유연하게. 그때 나희의 표정을 살피지 못한 건 나희가 내게 뒷모습을 보이며 재빠르게 달려나갔기 때문이다.

"나 카리수 선전할 때 같이했던 오빤데, 여기서 봤네. 세상 참 좁네."

내가 다가가자 나희가 제 아빠에게 날 그렇게 소개했다. 아니, 실은 제 아빠에게 방금 전 날 뭐라고 소개했는지 내게 일러두려 강조한 말이었을 것이다. 밝지만, 어쩐지 애잔한 감정이 실린 목소리였다. 카리

수. 주황색 식이섬유 음료. 아니아니, 청소년 전용 화장수던가. 하여간 그녀는 웃었겠지. 어차피 광고에서도 거짓으로 웃었을 테니까 그 정도의 명랑함에 그런 유의 거짓말을 꾸며내는 건 쉬다 가는 장소에서 오줌 누는 것만큼 별거 아니었겠지.

"아하. 우리랑 같이 맥주라도 하지 그래?"

나희 아빠가 손가락으로 가리킨 곳에 나희 아빠와 비슷한 연배의 남자 하나, 그리고 정장을 갖춰입은, 삼십대로 보이는 단발머리 여자 하나가 있었다. 나는 고개를 저으며 '아니'라고 말을 꺼냈다.

"아니, 괜찮아요."

나희가 몸을 틀어 내 쪽을 봤다. 턱을 살짝 들고서, 입가에는 알 수 없는 미소를 살짝 띠고서.

"우린 저기, 둥지 펜션에 있어."

나희가 그러고서 제 아빠 눈치를 봤다. 나희 아빠가 목줄에 걸어 가슴께에 늘어뜨리고 있던 선글라스를 집어 쓰고는 치아를 드러내며 웃었다. 해도 져가는 마당에, 그가 자기 눈빛을 그렇게 가리고 나를 향해 서 있는 점이 나는 좀 불편하고 불안했다. 나는 빠르지도 느리지도 않은 내 걸음걸이를 느끼면서, 최대한 느끼면서, 걸어가려 했다. 나희가 내 팔짱을 끼고 따라붙었다. 좀 같이 걸어. 오랜만인데. 그때 나 정말 예뻤는데.

붙임성이 좋은 여자야. 나는 생각했다.

둥지 펜션의 벽은 커다란 꽃무늬와 줄무늬가 어지럽게 교차한다고, 나희가 말했다. 거기 침대는 더블인데, 아빠가 돈을 아끼겠다고 거지같이 제일 작은 이 인용 방을 잡았다고, 심지어 한 침대를 쓴다고 말했다. 오다가다 만난 사람에게 식구 욕을 하니? 내가 묻자 나희는 나 보고 이렇게 놀라는 체해도 얼마 안 가 다 잊을걸 뭘 그러냐며 콧방귀를 뀌었다. 나는 자기 이야기를 그렇게 마음대로 지껄이는 여자하고는 되도록 말 섞지 말아야지, 하고 생각했다. 더 엮이지 말아야지. 내가 그렇게 생각했던 걸 보면 그애랑 자는 게 쉬울까 어떨까를 내심 계속 가늠해봤던 것 같다. 나희가 한쪽 가슴으로 내 팔을 지그시 눌러왔다. 생각들은 곧 흩어졌다. 나희에게서 무른 과일 냄새가 났다. 나는 그애의 눈 옆에다 입을 맞췄다. 나희가 가만히 있자 나는 이번에는 입을 맞췄고, 혀를 밀어넣었다. 따뜻한 미소와 부드러운 살결이 때로 그리웠다. 이렇게나 쉬운, 예쁜 여자애라면 그리움 이상이다. 나는 나희에게 사랑한다고, 사랑하고 싶다고 말했다. 나희가 웃었다. 사랑하면 저거 사줘. 나희가 옷가게로 들어갔고, 나도 따라들어갔다. 나희는 분홍색 나시 원피스를 하나 골라들었다. 팔찌도 들어 보였다. 세일가가 붙은 샌들도 하나 골랐다. 전부 합해도 얼마 되지 않았다. 나는 나희에게 예쁘다고 말했다. 이번에는 나희가 캔맥주를 두 개 샀고 나에게 하나 주었다.

내 아픈 자아와 건강한 자아 중 어느 쪽에서 이런 위안과 감상과 모험을 바라는 건지 확실치 않았다. 그래서 난 거짓말을 했다. 나 가을에 군대에 가. 그러니까 나희가 말했다. 안됐다. 나랑 도망가자. 어디든 둘이 있을 데로 도망가자. 우리는 낄낄거렸고, 그러다보니 잊고 있던 기억들이 하나둘씩 일어났다. 케이블 채널, 어떤 메디컬드라마에서 코미디를 담당하는 조연들이 있었다. 야간병원 앞에서 링거 꽂은 환자를 대동한 채로 똑같은 간호복을 입은 남녀 간호사 둘이 서로에게 사랑을 고백하는 장면이었다. 내가 그 얘기를 했더니 나희는 너무 오래된 프로 아니냐며 세대차이를 느낀다고 했다. 하지만, 나희가 한창 활동했다던 때는 내가 이등병으로 있던 시기였다. 텔레비전 프로그램을 정자세로 앉아 귀로만 들었다. 군에서 내 유일한 취미는 새를 그리는 거였다. 다른 동물은 전혀 잘 그리지 못했다.

나는 어머니가 화가라서 나도 그 피를 물려받은 것 같다고, 또 아버지는 수학교사라고 말했다. 나희는 자기 아빠가 친아빠가 아닐지도 모른다고 했다. 어릴 때부터 그 생각을 종종 했지만, 이제는 엄마가 안 계시니까 물어볼 대상이 없다고, 또 카리수는 이온음료이며, 자기는 그 광고로 꽤 주목받았다고 했다. 나는 그제야 그 이온음료가 떠올라 알은체하며 고개를 끄덕였다. 그러나 내 기억으로는 그 이온음료 광고에서는 모델들이 자주 바뀌었고, 그들은 대체로 신인인데다 인상이 다 엇비슷한 사람들이라서 그중 나희가 어떤 미소를 짓고 무슨 장면에 출연했는지 가려내기는 힘들었다. 하여간 다 지난 일이었다. 그녀는 괜찮은 드라마에 출연할 뻔했지만, 이제는 평범한 회사원이 됐으면 한다며 웃었다. 그녀가 아주 유명한 사람이었다면 사인을 받겠다고는 하지 않았을 것이다. 난 그런 것을 좋아하지 않으니까. 그렇지만 진실을 나눈 것 못지않게 우리가 나눈 거짓말들도 기념할 만한 데가 있다는 생각이 들어 문구점에서 펜을 하나 구입해 내 하얀 티셔츠 등판에다 사인을 받았다. 헤어지기 전에 나희의 쇄골에 진한 키스를 했는데, 내가 그렇게 과감했던 적은 이전에 없었다. 나희가 말했다.

"즐거웠어."

나는 왠지 그 말이 웃기고도 서글프다고 생각했다. 마치 그게 울음을 참을 일이라도 되는 것처럼, 나는 가슴에 손을 얹고서 숨을 한번 크게 들이쉬고는 휙 뒤돌아서 기러기아빠의 집으로 되돌아왔다.

밤이 되어, 어디선가 내 소식을 알아낸 친구 녀석들이 휴대폰 벨을 울려댔다. 나는 세 번은 무시했지만, 네번째는 받았다. 녀석들은 여자애들과 캠핑을 갈 건데 생각 있으면 같이 가자고, 그게 싫으면 내가 있는 곳에 들러 함께 어울려 노는 것도 자기들은 괜찮다고 했다. 나는 그들이 알면 그렇게 유쾌하지는 않을 병에 걸렸다고 말했다가 비웃음을 샀다. 고작 무좀이겠지. 그 말을 듣고 보니 나도 웃음이 났다. 실없이 웃다가 전화를 끊고 거실에 누워 천장을 바라보다 잠깐 잠들었다.

꿈에 아버지를 봤다. 생전에는 아버지라고 하지 않고 아빠라고 불렀는데, 돌아가신 뒤에는 아버지란 호칭이 우리 관계에 더 잘 어울린다는 생각을 하게 됐다. 아버지는 나로 인해 인생에서 실망과 고통을 배우다 저세상으로 갔다. 나는 아버지가 원하는 대학에 가지 못했고, 아버지가 원하는 전공을 택하지 않았다. 운동을 좋아하는 아버지와 운동을 하지 못했고, 노래를 좋아하는 아버지와 노래하지 않았다. 아버지는 엄마 외에 적어도 두 여자와 깊은 관계로 지냈다. 그중 한 여자는 아버지 회사에 다니던 여자였는데 미스 춘향 출신이었다고 들었다. 그 여자는 내게 민트맛이 나는 수입 초콜릿을 사주었다. 그러니까 민트맛이 나는 초콜릿이 있다는 것을 처음 알려준 사람은 아버지의 직장동료였고, 여자였고, 그녀는 미인대회 출신이었고, 아버지와 미소보다는 짜릿한 무언가를 몇 번은 나누었을 것이다. 나는 아버지의 생에 대해서 미안한 마음을 갖고 있지만 어쨌든 아버지의 죽음은 다른 많은 죽음과 마찬가지로 조금 처연할 뿐이라는 사실을 깨달았다. 나는 아버지의 바지를 빨다가 아버지가 그럴 필요 없다고 하는 소리를 듣고는 창밖으로 그 바지를 던지면서 꿈에서 깨어났다. 깨어나서는 내 바지를 빨았다. 나희가 꽤 예뻤다는 생각이 그때 다시 들었다.

나는 다시 잠들지 못했다. 인터넷으로 둥지 펜션의 전화번호를 알아냈다. 거기서 그 밤에 바비큐파티를 하고 있으리란 것도 알아냈다. 둥지 펜션이 어떻게 보잘것없는 마케팅을 펼치고 있는지도 알 수 있었고, 실내가 얼마나 조악한 장식들로 이뤄졌는지도 훑어봤다. 거기서 국산 돼지로 파티를 하지는 않았을 거라는 생각이 들었는데, 맛을 본다 해도 구분해낼 수는 없었을 것이다. 예전에 불판을 가는 아르바이트를 하던 때, 돼지고기와 소고기, 양고기, 말고기맛에도 조예가 깊은 한 미식가를 손님으로 받아본 적이 있는데, 그는 육질과 육즙에 대해서, 그리고 굽는 방법과 소스에 대해서 오랜 시간 이야기를 하며 내가 굽고 있던 고기의 질을 의심했다. 그때처럼 내 등판과 가랑이 사이로 땀이 주르륵 흘렀다. 둥지 펜션은 '여름밤 바비큐파티의 낭만'이라는 문구를 홈페이지 상단에 띄워놓았다. 나는 자리에서 일어서서 화장실로 가 걸레를 빨아왔다. 거실 한쪽에 놓인 에어컨을 닦고 작동시켰다. 그러고 나선 거실과 화장실을 청소했다. 화장실 바닥은 살균 표백제로 닦았다. 기러기아빠가 집에 돌아왔을 때, 자기가 베푼 선의가 보상받는 기분을 조금이라도 느꼈으면 했다. 나는 언제나 그런 것을 바랐으니까, 내가 바라던 것을 그도 바랄지 모르니까.

그렇게 아침이 밝아왔고, 시간이 나를 스쳐갔다. 계속 아무것도 먹지 않으면 결국 약을 먹을 수 없다는 데 생각이 미친 것은 점심 무렵이 되어서였다. 밥솥에 쌀을 넣고 밥을 했다. 밥이 되어가는 동안 둥지 펜션에 전화를 걸었다. 신호음을 들으며 나는 노래를 흥얼거렸다. 저쪽에서 누군가 전화를 받았다. 나는 오 인 가족이 예약할 수 있는 방이 있는지, 편의시설은 무엇이 있는지, 비수기는 언제이고 성수기와 요금은 어떻게 다른지 물은 뒤에 미국에 있는 딸의 귀국일이 불확실해서 확인해보고 다시 전화하겠노라고 말하고는 끊었다. 나는 미국에 있는 딸을 몹시 그리워하는 아버지처럼 오른손을 심장 위에 얹고 한동안 거실을 서성이다 밥솥에 밥이 다 된 것을 보고 밥을 차려 먹었다. 내 딸을 어딘가로 유학 보내고, 내 엄마를 쉬게 하고, 나 또한 기러기아빠가 되어 경관 좋은 데다 여분의 거처를 마련해놓고 부동산 전망을 점치며 수익차를 계산하는 삶과 그것과는 다른 어떤 삶들 사이에 잠깐의 시간이 있었다. 그렇게 저녁이 찾아왔고, 또 시간이 나를 스쳐갔다. 나는 별로 한 일 없이 점점 더 피로를 느꼈고, 깊이 잠들지 못했다. 잠자리가 바뀌어서였는지도 모른다. 혹은 걱정을 하지 말아야겠다는 걱정을 강박적으로 많이 했기 때문인지도 모른다.

다음날이 되어, 나는 자리에서 일어나자마자 씻고 집에서 챙겨 온 옷들 중에서 제일 깨끗해 보이는 티셔츠를 골라입었다. 약을 먹고 창문을 열어 바깥의 빛과 공기를 폐부 깊숙이 빨아들여보았다. 저 아래에서 사람들이 싸우는 소리가 들려왔다. 내려다보니 편의점 주인과 한 젊은 부부가 길가로 나와 목청을 높이고 있었다. 젊은 부부가 안고 있는 개가 덩달아 짖었다. 창문을 다시 닫고 밖으로 나왔다. 집을 드나들 때는 되도록 조용히, 남들과 부딪치는 일 없이 하고 싶었지만, 옆집 사람과 마주쳤으므로 인사를 나눴다. 나는 따로 긴 설명을 하기 싫어서 나를 집주인의 막냇동생이라고 소개했다. 옆집 사람은 기러기아빠가 식구들과의 문제를 잘 풀어가길 바란다고 말했다. 나는 그 말뜻을 잘 몰랐지만, '그런 문제야 어느 집에나 있으니까요' 하고 대꾸했다. 상대가 '그러게요'라고 고개를 주억거리며 앞서서 밖으로 나갔다.

나는 둥지 펜션으로 갔다. 펜션 입구에서 나희 아빠와 전에 봤던 단발머리 여자가 서성대고 있었다. 나희 아빠는 그 정도로는 안 된다며, 오른손 손바닥을 쫙 펴서 허공에 두어 번 가로로 획을 그었다. 여자가 고개를 갸웃하더니 어깨를 으쓱해 보였다. 그렇게 통이 작은 분인지 몰랐네요. 여자는 한쪽 입가만 추켜올리며 웃었다. 나희 아빠가 뭐라고 더 하소연을 했고, 여자가 걸음을 재촉해 그를 앞질러 나갔다. 그녀가 멀어져가자, 나희 아빠가 허공에 대고 다들 개수작하지 말라고 소리쳤다.

나는 되도록 자연스럽게 안쪽으로 들어서려 했다. 그렇지만 나희 아빠가 서 있던 뒤쪽을 계속 신경쓰면서 걷느라 나희가 다리에 깁스를 하고서 펜션 계단을 내려서는 모습을 뒤늦게 발견하게 됐다. 나는 깜짝 놀랐지만 실제로는 그냥 어리벙벙해 보였을 것이다.

"다리가 이래서 아침 내내 이러고 창밖만 내다보고 있었어."

나희가 말했다.

"어쩌다 그랬니?"

내가 물었다.

"어쩌지 않으려다 이랬어."

나희는 여기서는 모든 게 다 괜찮을 것 같았지만 이제는 뭐든 상관

없게 됐다고 했다. 오디션을 망쳐버린 게 이번이 처음은 아닌데다 제작진과 다리를 놔주겠다던 브로커는 결과적으로는 자기 다리만 부러뜨리게 됐을 따름인데 이게 특별히 불행한 일인지는 두고볼 일이라고 했다. 어쨌든 다리 골절로 보험금을 탈 수는 있을 거라고 하면서. 또 자기는 헐값이 되어버렸다며 한숨을 가늘게 내쉬었다. 매니저만 잘 됐어도 이런 일은 없었을 텐데, 아빠가 나를 놔주지 않아. 내가 선택이란 걸 할 수 있어봤으면 좋겠어. 그만 확 늙어버렸으면. 나희가 거의 울먹거렸다. 그애의 슬픔과 억울함의 어딘가에 내 슬픔과 억울한 기분도 맞닿아 있는 것 같았지만 나는 동조하지 않았다. 관심을 돌리고 싶었고, 그래서 이온음료 광고 이야기를 끄집어냈다.

"그때 너 머리 위에 뭔가, 너울대는 모자 같은 걸 쓰고 나오지 않았니? 하늘거리는 블라우스를 입지 않았었니?"

나희는 그때 열여덟이었다고 했다. 활짝 웃는 게 백합 같다고 한 광고주가 있었다고. 백합이라니, 그건 너무 웃기지 않느냐고 말했다. 같이 광고를 찍었던 여자애가 지상파 사극의 여주인공을 맡았다고, 아빠의 집념이 거기 꽂혔다고. 희망 없는 남자들의 백합쯤 되는 게 내 운명이라면 됐다 그래. 나희가 난간에 한쪽 팔을 짚은 채로 깁스한 다리를 조심스레 가누며 계단에 앉았다. 나는 가망 없는 남자처럼 그녀를 가만히 지켜보았다. 나는 내가 기침을 하면서 뒤로 미끄러지고, 또 미끄러져서, 산업의 역군이 되어 엄마의 남편 역을 하다가 또다시 어떤 여자의 남편 역을 하게 되리란 걸 알고 있었다.

"바닥을 치면 다시 올라올 거야."

내가 뇌까렸다. 나희는 아무 말도 하지 않았다. 입구 쪽을 돌아봤더니 나희 아빠는 보이지 않았다.

나희와 나는 택시를 타고 바닷가에 갔다. 우리 둘 다 숨통이 트일 필요가 있겠다. 나는 택시를 잡기 전에 그렇게 말했고, 택시 안에서 다시 한번 그 말을 되풀이했다. 나희는 손가방에서 거울을 꺼내 제 얼굴 표정을 살피고 나서, 다시 그 거울을 손가방 속에 던지듯 집어넣고 창밖을 내다봤다. 운전기사가 둘이 애인 사이냐고 물었는데, 시시껄렁한 질문이라 무시했다. 운전기사는 시시한 농담을 더 늘어놓다가 입을 다물었다. 내릴 때 거스름돈으로 팔백원을 받아야 했지만 그냥 차 문을 닫아버렸고, 택시는 떠나갔다.

해변에서 놀던 아이들이 모래로 벗은 여자 형상을 만들어놓은 걸 보았다. 가슴이 짝짝이였다. 나희의 목발이 모래여인의 옆구리를 찍었다. 애들이 아우성을 쳤다. 바닷물이 밀려왔다 밀려갔다. 우리 근처에는 비치발리볼을 하는 젊은 무리도 있었다. 젊은 여자 셋과 남자 넷. 공이 한 여자 등판을 잘못 맞고 튕겨나가 파도에 실렸다. 단지 그것뿐인데 요란하게 소리들을 질러댔다.

"이런 데 아빠랑 오는 처녀는 나밖에 없나보지."

나희가 딱히 나보고 들으라고 한 것 같지는 않은 말을 내뱉었다. 처녀라는 말이 이상하게 나를 웃겼다. 내가 웃으니까 나희가 자리에 앉아 모래를 한 움큼 집어서 내게 던졌다.

누군가 알 수 없는 노래를 흥얼거리며 우쿨렐레를 쳤다. 나희가 아무렇게나 허밍으로 그 음을 웅얼거렸다. 우쿨렐레와는 다른 음이었다. 음치라서 아이돌 가수는 될 수 없었던가보다. 나는 그렇게 말했다. 나희는 자기는 허영심이 없다고 하면서 잠깐 수줍어하는 시늉을 했다. 자기 아빠가 자기 몫의 진상을 다 부리고 있어서 제 몫으로 남겨진 건 몸뚱이뿐이라고. 그나마 다리는 부러졌고, 바다는 저렇게나 눈앞에서 계속 움직인다고. 나는 나희에게 조금만 기다려보라고 하고는 파라솔을 빌리러 갔다가 작은아버지의 전화를 받았다. 정말 성가셨다. 내 사정을 좀 봐줬다고 아버지 같은 잔소리를 늘어놓으려는 그가 싫었다. 나는 주중에 한번 들르겠다고, 사촌들은 방학일 텐데 올여름에는 집에 안 내려오느냐고 물었다. 그리고 작은아버지가 뭐라고 하는 소리를 흘려들으며 파라솔을 빌려 나희에게로 다시 갔다. 나희는 사라지고 없었다. 나는 나희를 찾으러 돌아다녔다. 깁스한 여자가 가면 얼마나 갔겠나 싶었지만, 알 수 없는 애니까 누군가에게 '하이' 하고 수작을 걸었을지도 모를 일이었다. 나는 더웠고, 파라솔을 끌고 돌아다닐 수는 없었기 때문에 짜증이 났다. 주변을 좀 어슬렁대다가 자리를 잡고 파라솔 아래 누워버렸다.

얼마 있다가 나희는 바다에서 구조되었다. 구조대원이 와서 인공호흡을 하자 나희가 바닷물을 토해냈다. 나희는 병원에 실려갔는데, 거기서 임신 삼 개월 진단을 받았다. 나는 나희에게 뭐라고 말을 걸고 싶었지만 나희는 입을 꾹 다문 채 눈물을 비치더니 이내 의식을 놓아버렸다. 간호사가 의사를 불러왔고, 나는 병실 밖으로 내몰렸다. 나는 둥지 펜션으로 전화를 걸었다. 소식을 전해들은 나희 아빠가 병원으로 달려왔다. 나는 그 순간, 그 자리에 나희와 같이 있었다는 이유만으로도 누명을 쓸 만하다고 생각했으므로 뭐든 안 좋은 상황이 내게 닥칠 수도 있다는 가능성을 내다보며 각오를 했다. 그러나 나희 아빠는 내 뺨을 후려치지는 않았다. 그는 갑자기 작아진 것처럼 보였고, 떨고 있는 것 같기도 했다. 그는 선글라스를 집어 썼다. 나희가 기력을 회복할 때까지 나는 병원의 대기 의자에 그와 나란히 앉아 있었다. 밤이 되어서야, 나희가 괜찮다는 말을 들었다. 삼 개월 되었다는 태아에 대해서는 묻지 않았다. 의사가 거기에 대해 뭐라 말을 꺼내려 하자 나는 일어서서 병원 밖으로 나가려고 했다. 출입구의 회전문에 다가섰을 때, 뒤따라온 나희 아빠에게 덜미를 붙잡혔다.

"이 자식, 입조심하는 게 좋을 거야."

나희 아빠가 내 양팔을 꽉 잡아 흔들며 말했다. 나는 이렇게나 많은 걸 조심하고 있다고 대답하고 싶었지만 그 욕망을 짓눌렀다. 나희 아빠는 나희가 얼마짜리 물건인지 아느냐고 이를 갈듯이 말했다. 난 절대 아무것도 포기하지 않는다고! 그는 차력을 하는 사람처럼 온몸의 힘을 쥐어짜며 말하고는 나를 풀어주었다. 나는 고개를 숙였다. 그가 호소할 것이 있다면, 그건 내가 마땅히 들어야 할 내 몫의 것은 아니었다. 내가 호소해야 할 것이 있다면 그 대상으로 그는 적합한 상대가 아니었다. 나는 도망쳐야겠다고 생각했다. 휴가철에 운명을 만드는 연인들도 세상에는 더러 있겠지만, 나는, 또 그는, 무난하고 순조로운 조합은 아니었다. 나는 숨을 가쁘게 쉬면서 문을 빠져나왔고 등뒤에서 울리는 그의 목소리를 들었다. 그 발성은 이상하고 낯설었다.

"개수작하지 말라고, 다들."

그러자 웃음이 새나왔다. 지축이 흔들리고 있는 것처럼 느꼈던 걸 보면 생각과는 다르게 한동안 휘청거리며 걸어다닌 것 같기도 하다.

나는 작은아버지에게로 갔다. 작은아버지는 내가 그렇게 갑자기 한밤에 찾아온 게 마음에 들지 않는 눈치였다. 하지만 나는 작은아버지의 지인들과 어울려 그 밤에 고기를 구워먹었다. 땀을 흘리며 먹었다. 돌아가며 술잔에 술도 따르고 농담도 했다. 형님이 돌아가시고 나서 저것이 형수의 버팀목이라며, 작은아버지는 지인들에게 나를 대단한 '저것'으로 소개했다.

작은아버지의 지인들은 모두 자영업자들이었다. 일찌감치 장사꾼으로 나선 사람도 있었고, 조기 퇴직을 하고 새로 가게를 낸 사람들도 있었는데, 전부 다 안 좋은 경기를 탔다. 적자였고, 늘 손해를 봤고, 그러니까 버는 놈들은 따로 있는 거라고들 입을 모았다. 나는 먹성 좋고, 넉살 좋게 굴었고, 그러는 동안 마음이 평안해졌다.

나는 기러기아빠의 '해묵은 근황'에 대해서도 들었다. 기러기아빠는 번 돈을 모두 자식들과 부인에게 갖다 바치고 독수공방하면서 칠 킬로그램이 빠진데다 원형탈모에 심장과 간도 안 좋아졌는데 집안 식구들 누구도 그걸 유심히 보지 않는다고 했다. 그들은 또 실업률과 대출이자, 마누라들이 챙겨보는 아침드라마가 하나같이 치정극인 것, 그리고 이맘때 멀리 자가용을 끌고 와 횟집에 들어서는 인파 중에 누가 부부이고 누가 불륜 커플인지 가려내는 간단한 방법 같은 것들을 안주 삼아 계속 떠들어댔다. 스티브 잡스가 죽은 뒤 애플 사의 최고경영자는 티모시 쿡으로 60년대생이라고, 어느 여론조사에서 삼성의 이건희가 존경받는 부자로 꼽혔다는 것, 삼성에 들어간 누구 아들은 연봉이 얼마인지에 대해 이야기한 뒤 내게 젊어 고생은 사서도 한다며 덕담을 해주었고, 그런 다음 다시 홍삼과 지네의 효능에 대해서 이야기하기 시작했다. 나는 참 성실하게, 땀을 흘리며 불판 위의 고기들을 뒤집었다. 나는 그 밤에 작은아버지 집에 자리를 깔고 누워 잠들었다가 새벽녘에 눈을 뜨자마자 기러기아빠의 집으로 돌아왔다.

내가 결핵에 걸렸다는 사실이 엄마와 친척들, 친구들에게 널리 알려지는 덴 그로부터 이틀이 걸렸다. 신문지면을 통해서였다. 그 사실이 못내 유감스럽다. 작은아버지 집에서 기러기아빠 집으로 돌아왔던 그 새벽녘에 나는 문을 열고 들어서자마자 마룻바닥에 토했다. 간밤에 먹은 고기와 술을 다 게워내고 바닥을 새로 닦기 시작했다. 냄새가 온 집 안에 진동하는 것 같아 죄스러웠다. 냄새, 냄새. 남의 집에 배는 내 썩은 내가 수치스러워서 집 안의 창문을 다 열고 방문도 다 열었다. 안방 문을 열었을 때, 나는 기러기아빠가 방바닥에 몸을 비틀고 누워 있는 것을 보았다. 괴로움으로 일그러진 표정, 몸을 비틀고 누워 있는 사람. 그 죽은 사람.

그의 침대 위에는 장문의 편지가 얌전히 놓여 있었다. 내용은 신문지상에 간결하게 요약되어 실렸다. 그는 일 년 전 화공약품 취급업체에서 청산가리를 구입했다. 최소한의 자기 생활비를 제외한 돈을 다달이 미국으로 부쳤고, 이게 사는 건가 가끔씩 깊이 회의했지만, 때로 전화로 아이들의 영어 발음이 매끄러운 걸 들으면 역시 애들 유학을 결정하길 잘했다는 생각을 하기도 했으며, 그렇더라도 아내는 남편에게 만족을 하지 못했고, 아이들은 아내의 다른 친구들과 더 많은 이야기들을 나누며 그들과 훨씬 대화가 잘된다고 생각했다. 그는 보통 텔레비전 퀴즈 프로그램을 틀어놓고 혼자 식사를 했다. 이 텅 빈 집에서

출퇴근을 계속했고, 직장에서는 점점 구석자리로 밀려났고, 삶은 이대로 아무 일도 없는 것처럼 그저 흘러가는 수밖에 없다는 것을 깨닫게 되어 죽을 생각을 여러 차례 할 만큼 우울하고 괴로웠다고 썼다. 그러니까 청산가리를 갖고 있던 일 년 동안은 그에게 생각할 시간이 있었던 건데, 그 생각은 나쁜 쪽으로 계속 이어졌고, 그의 고립감은 점점 더 깊어져, 청산가리를 먹는 것이 먹지 않는 것보다 더 나을 것도 없다는 데 이르렀다.

나는 그가 전화를 미루며 내게 다음에, 다음에, 다음에, 하는 동안 무엇을 생각하고 또 생각했는지, 또 왜 그가 내 아버지가 죽었을 때 내가 상주 노릇을 차분히 했던 모습을 인상적으로 기억하노라 했는지에 대해 반추해봤다. 추론은 가능했다. 그는 자기의 마지막 모습을 처음 발견할 사람으로 내가 적합할 거라고 판단했다. 너무 오래 시신으로 빈방에 방치되어 있는 게 죽는 것보다 무섭고 슬펐다. 혹은 극적으로 발견되기를 바라기도 했다. 내가 그의 집에 들어서자마자 안방 문부터 열어볼 것이라고, 그럼 고립감으로부터 영원히 해방되리라고 생각했다. 왜냐하면 나는 지구촌 어느 곳의 소식과도 닿고 또 내 쪽에서 소식을 전할 수도 있는 스마트폰을 갖고 있으며, 지구는 둥그니까 자꾸 걸어나가면…… 나는 그런 연상들을 이어가보았지만 죽은 자는 말이 없으므로 확인할 길은 없었다.

경찰들과 기자들에게 질문을 받고 대답을 하고, 죽은 사람의 일로 병원에 가고, 또 내 병세로도 병원에 가느라 한동안 나는 나희 생각을 하지 못했다. 그러나 나는 길게 누구를 애도할 형편이 아닌 현대인이니까, 다시 세속의 일들을 생각하기 시작했다. 나희는 어떻게 됐을까 궁금해하며 인터넷과 옛날 잡지들을 뒤졌다. 한때 나희가 소속돼 있던 에이전시에 전화를 넣었다. 괜찮은 이력을 지닌 매니지먼트 회사의 직원인 것처럼. 또 나희 아빠가 다녔다는 교회의 장로에게도 전화를 넣었다. 신실한 희망의 전도사인 것처럼. 내가 나희에 대해서 들은 이야기들은 명확하지 않았고, 또 알게 된 것들 대부분은 좋지 않았다. 세상에서 뒤처지고 잊히는 사람들은 모두 소문으로만 떠돈다. 소문들은 더럽고 시큼하다. 때로 눈물겹게 짜디짠 것도 있지만, 그 대상을 존중해서만은 아니다.

나는 그해 가을 복학하지 못했다. 병은 나았지만 학비를 다 마련하지 못했다. 돈을 준다는 사람도, 나를 동정하는 사람들도, 모욕주고 외면하는 사람들도 있었지만 그렇다고 뭐가 달라지는 건 아니었다. 엄마의 화장품 가게는 그럭저럭 굴러갔다.

늦가을에 다시 그 여름의 바닷가를 찾아갔다. 이번에는 정말 작은아버지의 소개로 거기서 내게 숙식을 제공하는 장기 아르바이트 자리를 구했다. 나는 때로 바다로 나갔다. 바다는 늘 새롭고도 영원한 것처럼 보였다. 노래 가사를 흥얼거릴 때도 있었다. 아버지가 생전에 가끔 흥얼거리던 노래였다. 아침 바다 갈매기는 금빛을 싣고 고기잡이 배들은 노래를 싣고. 가사는 언제나 완전한 형태로는 기억나지 않았다. 그래서 제자리를 맴돌다 그쳤다. 누가 물으면 내 한 가지 소망은 평범한 회사원이 되어 다복한 가정을 꾸리는 것이라고 대답을 하기도 했으나 그 말은 항상 끝이 공허했고, 그래서 난 뒤늦게 내 진짜 생이 나와 다른 곳에 있는 것처럼 느껴지곤 했다. 그 '다른 곳'에서 나는 내가 말한 것들을 전부 번복하며 꿈의 형태로 존재했다. 내 꿈은 한쪽 다리에 깁스한 채로 바다로 뛰어들었던, 이제는 소문 속으로 사라진 스무 살짜리 여자애의 안부를 같은 자리에서 다시 묻는 것. 하이. 여기서 널 계속 기다렸어. 내 입을 열고, 그녀 입술을 열어 내 혀를 밀어 넣으면서 어떤 이온음료 광고 장면처럼 그 순간만큼은 다른 가망 없이도 건강하고 아름다운 것. 천국의 은혜가 내 몸속에 전기처럼 흐르다 스미는 것. 바다는 어제보다 잔잔했고, 하늘은 색칠한 도화지 같았다. 나는 내가 기다릴 수 없는 기다림들에 목이 말랐다. 물결은 눈앞에서 빛을 받아 반짝였고, 때로 흥에 겨운 사람들의 함성소리가 내 안의 비명을 덮었다.

# 의식

연말을 같이 보내려고 친구들 세 명을 집으로 불러들였다. 올해가 지나가면 우린 모두 열아홉이 된다. 아홉은 내가 좋아하는 숫자다. 꽉 차 있다가 비워지는 느낌이다. 끝이었다 시작일 것 같은 기대감이 있다.

### 친구들

영서가 거실에 미러볼을 달고 있는데, 벨이 울렸다. 주혜와 경란이었다. 남자는 금지. 이건 영서가 내세운 조건이었고, 그게 이날의 모임에 문제가 되지는 않았다.

"넌 거짓말 안 하지?"

주혜가 영서를 보며 물었다. 경란이 냉큼 거기 덧붙였다.

"내가 여기 선미도 올 거라고 했거든."

영서는 의자에 올라 미러볼을 마저 달았다. 대답은 의자에서 내려와서야 했다.

"선미도 와. 거짓말은 아니지."

주혜가 순간 고개를 좀 숙이고 입술을 깨물었다.

"사고치면 난 끝이야."

주혜가 말했다.

"난 너하곤 틀리니까."

주혜는 다시 말했다. 영서가 고개를 흔들며 대꾸했다.

"우린 다 달라. 그게 뭐 어때서?"

그러자 주혜가 조용히 주방 쪽으로 걸어갔다. 매사에 신중하고 공손해서 한번쯤, 어떤 식으로든, 영향을 주고 싶어지는 타입. 선미가 시비를 걸어 교실에서 둘이 다퉜을 때도 목소리를 높이지 않고서 조곤조곤 질문하듯 말하던 주혜였다. 그땐 영서가 주혜보다는 선미와 훨씬 가까웠다.

영서가 미러볼에 조명을 비추어 괜찮은 각도를 찾아보는 동안, 주혜는 오븐기를 살펴보는 듯했다. 영서가 음식은 주문해 먹을 거라고 하자 주혜는 다시 거실 쪽으로 와서 소파에 앉더니 할머니에게 전화를 걸었다. 주혜는 속옷가게를 하는 할머니와 대학생 삼촌과 살고 있다. 삼촌은 야간에 물류센터 아르바이트를 뛰기 때문에 집에는 할머니뿐이다. 친구랑 공부해요. 주혜는 평범한 거짓말을 더 평범하게 들리도록 했다. 할머니는 언제나처럼, 그래 장하다, 대꾸했다. 그 말은 보통 두 가지 의미로 쓰였다. 자랑스러움 아니면 반어적인 힐난. 오늘은 왠지 그 둘 중 어디에도 속하지 않는 어감인 듯했다. 주혜는 휴대폰을 가방 속에 넣고 경란을 쳐다봤다.

"왜?"

경란이 주혜에게 짧게 물었고, 주혜는 그냥 고개를 저었다. 경란은 주혜네 속옷가게의 마네킹이 겨우내 새빨간 레이스 팬티를 입고 있던 것을 떠올렸는데, 아마도 그 할머니가 지금 그 앞에서 '장하다'는 말을 했을 것 같아 웃음이 났다. 그런데 그 속을 알 수 없는 미소가 주혜 마음에는 좀 불편했다.

영서가 제 엄마 화장대 서랍에서 보라색 담배 케이스를 꺼내왔다. 거기 담긴 게 니코틴일 뿐이라는 걸 잊게 하는 매력적인 케이스였고, 그때 그들이 느낀 약간의 죄책감도 더불어 매력적이었다. 주혜와 영서는 담배를 한 대씩 꺼내 피웠고(아니, 피우는 흉내를 좀 내봤고), 경란은 피우지 않았다. 경란은 얘기를 지어내고 공상을 하는 데 선수여서, 영서의 새아빠가 걸어놓은 그림 앞에 멈춰 서더니 이런 말을 했다.

"이건 미친 남자가 풀장에 뛰어드는 그림이네."

그건 사실 그림이라기보다는 얼룩에 가까워 보였지만, 주혜와 영서는 경란의 다음 말이 궁금해서 그쪽으로 갔다.

"어디가 미친 남자야?"

영서가 웃으며 말했다.

"이 까만 점이, 아님 저 노란 점선이?"

주혜가 끼어들며 딴소리를 했다.

"괜찮지 않을까, 너희 엄마."

경란은 그 말의 의미를 헷갈려하는 것 같았지만, 특별히 신경쓰는 기색은 아니었다. 경란은 곧 그림 속 애매한 허공을 손가락으로 짚으며 짓궂게 웃었다.

"남자는 벌써 여기 빠졌어."

영서는 믿을 수 없다며 고개를 흔들고 웃었다. 주혜는 천장 쪽으로 담배 연기를 내뿜다 기침을 했다.

그들은 피자와 파스타를 주문한 뒤, 모두 텔레비전으로 란제리 패션쇼를 보기 시작했다. 쇼의 무대가 파리에서 밀라노로 이어지는 동안 주문했던 음식이 배달됐다. 경란은 가끔 생뚱한 질문을 잘 던졌는데, 주로 먹는 걸 앞에 두고 하는 편이었다. 이번에 경란이 마치 귀여운 아이라도 된 것처럼 고개를 갸웃하고 던진 질문은 이랬다.

"대학 가면 젤 먼저 해보고 싶은 거는?"

주혜가 들고 있던 접시를 내려다보며 말했다.

"난 현수 오빠를 쫓아다녀보고 싶어."

그러자 경란이 포크를 흔들며 까르르 웃었다.

"네가 늦바람나서 연예인을 쫓아다닌다고?"

주혜가 대답 대신 경란을 따라 조금 웃었다. 그때 선미가 벨을 울렸고, 영서가 일어나 현관문 쪽으로 걸어갔다. 경란이 먹던 음식을 바닥에 흘리며 웃다가, 집 안으로 들어서는 선미를 쳐다보고는 입을 다물었다.

"더럽게 먹는 게 인사구나."

선미가 영서 옆에 앉으며 말했다. 콧날이 긴, 이국적인 외모. 날렵한 턱에 허스키한 목소리. 선미는 주혜를 한번 힐끗 쳐다보더니, 다시 영서 쪽으로 고개를 돌려 말했다.

"재수없게, 오다가 인정이년하고 딱 부딪쳤다."

눈이 길게 째진 선미의 여동생 인정은, 이름과는 달리 인정머리가 없었다. 인정이 고자질하는 걸 생활의 낙으로 삼는 바람에 선미의 불량한 사생활이 만방에 수십 가지 버전으로 떠돌고 있다. 다양한 버전 중에는 그들이 확인한 사실도 있었다. 지난가을, 선미 책가방에서 아는 오빠와의 섹스 체험담이 적힌 일기장이 나왔는데, 그걸 반 애들끼리 돌려 보다 담임에게 압수당했다. 이튿날 선미는 애들과 패싸움을 벌이고서 이 주간 정학을 맞았다. 곧장 선미의 부모가 학교로 달려와 나쁜 일들의 좋은 끝을 만들어보려 애썼다. 유머감각이 고유의 브랜드처럼 슈트 칼라 위에서 빛나는 사람들이었다. 영서는 그들의 사려 깊은 대응방식에 감탄했는데, 주혜는 근심했다. 자기한테 세상은 얼마간 불공정할 거라는 자기 확신을 과장하면서. 너 꼭 바닥에 오줌을 쌀 것처럼 보여. 영서는 그때 주혜를 웃기려고 그렇게 말했는데, 주혜는 웃지 않았고 귀가 빨개졌다. 너한테도 괜찮은 장점이 있다고. 영서는 왠지 그렇게 다시 말했고, 그 말은 진심이었지만 변명처럼 들렸다.

선미가 바닥에 있던 담배를 가져갔다. 경란은 그때도 담배를 피우지 않았는데, 그건 손끝에 남는 담배 냄새와 사방에 날리는 담뱃재를 참을 수 없어해서였다. 결벽증이 있는 건 아니었다. 음식을 잘 흘리는 건 실수가 아니라 경란의 특기였으니까.

"니들 외박 허락은 받았지?"

영서가 묻자, 모두들 영서를 뜨악하게 쳐다봤다.

"내 핑겔 안 댔지?"

영서는 다시 확인했다. 곤란한 일이 생기면 뭐든 새아빠랑 상의하라는 엄마의 태도가 떠올랐고, 저희들끼리 뭔가 말을 맞춰야 한다거나 하는 귀찮은 일들을 만들기 싫어서였다.

"내가 내 집에 허락 맡고 사고치는 줄 아냐?"

선미가 담배 연기를 길게 내뿜고는 한마디 내뱉었다.

"누가 너랑 사고친대?"

주혜가 몸을 돌려 예민하게 반응했다. 그러자 경란이 중간에서 그 질문들을 일축했다.

"아, 괜히들 그래. 시시해서 잠 오려고 하는데."

그들은 도로 텔레비전을 봤다. 란제리에 목걸이, 란제리에 부츠, 란제리에 금발, 란제리에 모피. 쇼는 볼만했지만 모두가 란제리 생각을 하며 봤던 건 아니다. 주혜만 속옷에 대해 생각했다. 주혜의 할머니가 하는 시장 끝자락의 속옷가게에는 간판도, 그럴듯한 상표가 붙은 속옷들도 없었다. 그러나 쇼를 누빈 옷들이 인기를 끈다면 오래지 않아 그 비슷한 걸 가게에 들여올 수 있을 것이다. 빠르게 도는 유행과 시장의 가능성, 그리고 청바지와 티셔츠 아래 갖춰입은 자신의 깨끗한 속옷 세트는 이 순간 주혜에게 가벼운 안도감을 주었다.

## 유의어

패션쇼가 끝나고 오락 프로그램이 재방송되자 영서는 선미와 새아빠의 방문을 따보기로 했다. 그는 요즘 그림 몇 점 사들이는 일에 신경을 쏟고 있었고, 외출할 때마다 보호받아야만 할 중대한 사생활이 있는 사람처럼 문을 꼭 잠갔다. 선미가 머리핀을 자연스럽게 구부리고 펴 모양을 잡더니 그걸 문구멍에 집어넣었다. 주혜와 경란은 그때 거실에서 쿠션을 끌어안고 노래를 흥얼거리고 있었다.

영서의 새아빠는 영서의 엄마보다 여섯 살이 어렸다. 엄마가 신혼살림을 새로 차린 이 집에서 영서는 그간의 습관대로 대체로 잠옷 바람이었고, 그 때문에라도 방에서 잘 나오지 않았다. 한편 새아빠는 영서의 엄마가 집을 비운 어느 휴일 낮에 느닷없이 영서의 방문을 열고 들어와 침대 머리맡에 걸터앉더니, 영서가 입은 잠옷의 질감에 감탄하며 사진을 한 장 찍었다. 잠옷의 질감. 그건 그 사람 표현이었다. 잠옷 속에 아무것도 입고 있지 않던 영서는 썩은 미소를 짓고 그대로 누워 있었는데, 그는 영서가 수줍어하는 줄 알고 빰을 쓰다듬었다.

"난 좋은 아버지가 되고 싶다."

그는 그 순간 문어체로 말했다.

"그러게요."

영서는 콧구멍을 벌름거리며 딴청을 부렸다. 영서가 자기가 맞닥뜨린 변화의 밑바닥에 놓아봤던 가장 괜찮았던 상상은 엄마가 사랑에 빠졌다는 것이었는데, 그마저도 그 순간은 그다지 유쾌하지 않았다. 하여 그 상상을 접어놓고 봤을 때는, 이 집을 새아빠가 엄마 돈으로 샀으며, 자기가 거기서 그들과 살고 있다는 팩트가 남았다. 이 엄연한 사실을 놓고 영서는 새아빠에 관한 어떤 것도 엄마와 상의하고 싶지가 않았다. 이즈음 영서는 관계에 대한 정의를 다시 내리고 있었다.

그건 담장에 세워둔 유리 같다. 날이 맑을 땐 빛나지만, 비가 오면 속수무책이다. 바람이 불면 피해 가야 한다. 친아빠가 사업에 실패하고 도망자가 되자 그의 친구들과 친척들도 가까운 사람들의 인생에서 홀연히 사라졌다. 영서에게 다행스러웠던 사실은 그가 도망칠 때 함께 짐을 싼 젊은 여자가 있었다는 거였다. 이것이 그의 인생에 부쳐진, 유일하고 아름다운 잠언 같은 것인지도 모른다. 영서는 그의 미래와 자신의 현재를 축복하고 위로해보려 했다. 한편으론 엄마의 바람기와 엄마 쪽 식구들의 볼품없는 거만함, 거기에도 연민을 가져보려 했다.

"야, 땄다."

선미가 웃었다. 문이 작은 소리를 내며 안쪽으로 움직였다. 깨끗하게 정리된 책상, 책장과 옷걸이. 특이한 건 없어 보였다. 입구에 놓인 슬리퍼를 구석으로 밀어놓고, 영서와 선미는 안쪽으로 들어섰다.

영서가 새아빠의 책상 서랍을 열었다. 서류 클립들과 그의 옛 전공과 관련 있는 여자들 누드 스케치 몇 장이 드러났는데, 거기 자기 사진도 끼여 있는 게 보였다.

"이건 너, 잠옷 입고 뭐하는 거냐?"

선미가 사진을 보고 참지 못하겠다는 듯 쿡쿡 웃었다. 영서는 그냥 모른 체했다.

책장에는 경제서, 추리소설과 화보집, 남성 패션지가 중구난방으로 꽂혀 있었다. 면도기가 거울 옆에, 그리고 보라색 용기에 담긴 데오드란트, 영서의 엄마와 새아빠, 그리고 새아빠의 어머니가 함께 찍은 사진이 액자에 들어 있다. 그 사진에는 영서가 모르는 감정이 담겨 있는 듯했다. 배경은 봄이다. 영서의 엄마는 하얀 블라우스를 입고서 어깨까지 기른 생머리에 색조 화장을 거의 하지 않은 얼굴로, 화려하지 않은 오팔 목걸이를 목에 걸고서 치아를 드러내며 웃고 있다. 새아빠는 네이비 색상의 폴로 티셔츠를 입고 풍성한 머리칼을 한 손으로 쓸어내리며 눈웃음을 치고 있다. 그의 늙은 엄마는 그를 몇 살에 낳은 것일까. 주름진 거죽을 뒤집어쓴 듯한 그녀의 손이 아들의 한쪽 어깨를 잡고 힘을 꽉 주고 있는 것이 보인다. 사진 속 흩날리는 벚꽃 배경 사이로 누군가가 뭉크의 그림에서처럼 소리없이 비명을 지르고 있는 것 같은 봄날이다.

"네 새아빠는 정력왕이니?"

선미가 영서의 어깨를 잡아끌었다.

"뭐?"

"여기, 이 하늘색 알약, 비아그라 같은데?"

영서는 선미가 준 약병을 받아들었다. 비아그라가 어떻게 생겼는지 실제로 본 적은 없었지만, 이건 그게 아닐 거라 추측했다. 영양제나 지사제 정도 아닐까.

협탁 위에 카메라가 놓여 있었다. 영서와 선미는 거기서 배터리를 꺼내 충전시키고, 보드에 핀으로 고정된 일정 메모들을 살펴봤다. 타이틀에 '클래스'자가 붙은 잡지사와의 인터뷰가 하나 있고, 다음주에는 자동차 딜러와 큐레이터를 만나기로 돼 있다. 선미가 자기가 본 미국 드라마에 사비나라는 여자 마케터가 있다며 얘기를 꺼냈다. 굉장한 색골인데 신체 부위 중 혀를 가장 잘 쓴다는 거였다. 말로 하는 비즈니스와 몸으로 뛰는 비즈니스를 그걸로 다 하는데, 아마 영서의 새아빠도 사비나 같은 마케터를 만나면 필요할지 모를 약을 먹나보다고 했다.

"근데 그 사비나는 우리 엄마를 좋아하게 되고, 그래서 우리집에서 칵테일파티가 있을 때 거실에서 한바탕 칼부림이 시작되겠지."

영서도 지지 않고 드라마틱하게 응수했다.

"이래서 네가 좋다니까."

선미가 영서를 띄워주는 말로 그 테마를 간단히 버렸다. 마케터와 큐레이터가 다르다는 것은 그들 대화에 큰 문제가 되지는 않았다. 그들은 다시 심심해졌다. 다행히 배터리가 금세 충전되어, 선미와 영서는 카메라를 들고 거실로 나왔다.

주혜와 경란이 미러볼 아래서 음악을 틀어놓고 춤을 추고 있었다. 바닥에는 CD 케이스들을 늘어놓은 채였다. 영서가 그 모습을 시험 삼아 몇 컷 찍었다. 주혜와 경란이 영서에게 다가와 카메라에 찍힌 모습을 확인하더니 얼른 지워달라고 했다. 미친년같이 찍혔어. 지워버려. 그러고 나서 얼마 후 그들은 '미친 것'의 유의어를 찾는 놀이를 했다. 미친 것으로 분류할 수 있는 자기 경험을 세 문장이 넘지 않는 이야기로 풀어내는 거였다. 이 게임은 이야기를 지어내는 데 소질이 있는 경란에게 아무래도 유리했다. 그래도 경란이 앞니 얘기를 꺼냈을 땐, 모두 그건 말이 안 된다고 야유를 보냈다.

"뻥이 넘 심하잖아."

그들은 아우성을 쳤다.

"진짜야. 앞니가 벌어진 여자들이 출세운이 있다니까. 나, 손톱 다듬는 줄로 매일 밤 앞니를 갈고 있어. 마돈나도 앞니가 벌어졌잖아."

모두가 졌다는 듯이 양손을 하늘로 치켜들면서 뒤로 자빠지는 시늉을 했다. 경란이 냉장고 쪽으로 가서 영서가 한 시간 전에 넣어둔 와인을 꺼내왔다. 경란이 오프너로 와인을 따려 하다가 손끝만 다치고 제대로 못해내자, 결국 선미가 일어나 와인을 땄다. 오프너를 돌릴 때마다 찰랑대는 선미의 머리칼을 쳐다보다가 경란이 뜬금없이 물었다.

"너 정말 에비앙으로 머릴 감니?"

선미가 대답하지 않고 코르크 마개를 뽑은 뒤 글라스에 와인을 따랐다.

"아토피 때문이야."

영서가 아는 척하며 거들었다.

"너도?"

경란이 물었다.

"내 미친 짓은 별거 없어. 주스에 침 뱉어 줬는데 새아빠가 좋아하더라."

영서가 어깨를 으쓱하며 원래 화제로 돌아왔다. 경란이 자기 질문을 잊고 낄낄거렸다. 그들은 모두 와인잔을 들고 부딪쳤다. 주혜가 라이터를 켰다 껐다 하며 뭔가 생각에 잠긴 듯했다.

"난 첫경험을 싸구려 카시오 시계랑 바꿨어. 우레탄 밴드로 된 거."

선미가 말했다. 경란이 멈칫하다가 다시 깔깔거렸다.

"기타 치는 오빠였는데, 그게 기타만큼 멋지진 않더라. 웃기는 건."

"그만하자."

주혜가 그 대목에서 자리에서 일어섰다.

"네가 그럴 줄 알았어."

선미가 코웃음을 쳤다.

“뭘 알았단 거야?”

“네 차례니까 네가 이렇게 나올 줄 알았다고.”

“네가 나에 대해서 뭘 안다고 그래?”

“너 같은 애 심심해서 알고 싶지도 않아.”

그 말을 듣고 주혜는 화장실로 가버렸다. 경란과 선미는 떠들면서 와인을 더 마셨다. 영서는 주혜를 따라 화장실 쪽으로 가봤으나, 문밖에서 말을 걸지는 못했다. 주혜는 화장실 안쪽에서 뜨거운 물을 틀어놓고 거울로 자기 얼굴을 보다가, 샤워용품 진열대에 손을 뻗어 비누를 하나 꺼내들고는 욕조에 걸터앉았다. 비누향을 들이마시는 동안 수증기가 거울에 서렸다. 바깥쪽에서는 영서가 물소리를 들으며 벽에 기대선 채로 다음과 같은 것들을 헤아려보고 있었다. 미친 것의 유의어. 두피를 위한 에비앙. 앞니 가는 줄과 특제 주스. 첫경험에 부친 우레탄 밴드 손목시계. ‘너 같은 애’의 고요.

### 거짓말

화장실에서 나온 뒤 주혜는 조금 명랑하게 굴었고, 그걸 와인 때문이라고 생각한 영서가 와인을 한 병 더 내왔다. 그러자 선미가 영서 새아빠의 방에서 위스키를 봤다면서 그걸 집어와 와인과 위스키를 섞어 마시는 경험을 모두에게 선사했다. 시간이 그런 식으로 달콤 씁쓸하게, 그들과 함께 약간씩 기울고 흔들리며 흘러갔다. 전화벨은 울리기로 예정된 그 시각에 정확히 울렸다. 처음엔 영서의 엄마가, 나중엔 새아빠가, 그러다 다시 엄마가 전화를 받았다. 영서는 모든 게 괜찮다고 말했다.

"사랑해, 우리 딸."

영서의 엄마는 여행지에서의 감흥 때문인지 간드러지는 목소리로 말했다.

"알아요. 나도요."

영서는 엄마가 기대하는 대답을 들려줬다. 영서 뒤에는 웃음을 참고 있는 세 명의 여자애들, 행복한 오늘 뒤에 종이로 접어 날릴 만한 하찮은 내일이 온대도 놀라지 않을 것 같은 그 얼굴들이 소리는 내지 않은 채 입모양으로만 '알아요, 나도요'를 중얼거리며 고개를 끄덕끄덕해 보이고 있었다. 영서는 자리로 돌아와 앉으려다 위스키를 소매에 좀 쏟았는데, 별로 웃기지도 않은 그 일에 소리내 웃고는 옷을 벗어던지고 실내온도를 높였다. 그들은 란제리 쇼의 여자들처럼 속옷차림으로 서로의 사진을 찍어줬다. 어디선가 손쉽게 버려질 추억이 되겠지만, 다른 방식으로 뭔가를 기념하는 일에 대해서는 모두가 익숙지 않았다. 그들은 카메라 앞에서 웃었다 찡그렸다, 다리를 벌렸다 꼬았다, 가슴을 내밀었다 고개를 쳐들었다 했다. 영서가 입술을 내밀고 살짝 주먹을 쥐어 볼 옆에 대자 친구들이 큰 소리로 야유를 보냈다. 그러나 그 야유가 즐거워서 모두들 그 동작을 번갈아가며 카메라 앞에서 했다. 한동안은 그렇게 벌인 란제리 쇼도 텔레비전 쇼만큼 괜찮게 느껴졌는데, 이내 바보 같은 기분이 들었다.

선미가 고개를 숙이고 자기 목을 주물렀다. 주혜는 허리를 꼿꼿이 세우려 했지만, 점점 더 드러누웠다. 경란은 알코올 때문에 빨갛게 반점이 오른 자기 팔뚝을 긁었다.

갑자기 주혜가 모두에게 들릴 만큼 깊은 한숨을 쉬었다. 그건 거의 습관적인 거였는데, 이런 때 어울리는 짓은 아니었기 때문에, 선미는 거기다 또 자기 방식대로 빈정거림을 실어 무게를 보탰다.

"너는 너희 집이 무슨 수도원이고, 넌 유배된 천사인 줄 알지?"

"뭐?"

"그래서 네가 답답해. 보기만 해도 답답해."

그러자 주혜가 중얼중얼, 꾸역꾸역 대꾸했다.

"네가 답답한 게 왜 나 때문이야, 너 때문이지."

"내가 왜?"

"넌 네 집의 상품이니까. 전시할 거니까."

선미가 주혜를 노려봤다. 주혜는 누굴 공격할 의도로 단정지어 말하는 편이 아니었기 때문에, 영서는 좀 놀란 얼굴로 주혜를 쳐다봤다. 뭔가 잘못했고, 미안하다는 생각이 그때 들었다. 영서가 주저하고 있는데, 선미가 주혜 뺨을 쳤다. 주혜도 선미 뺨을 쳤다. 경란이 얼른 와인병을 들어 한쪽으로 치우면서 말했다.

"지나쳐, 너네."

그러자 선미는 지나치다는 말의 정의를 다르게 내리고 싶었는지, 아님 뺨을 맞고 보니 뭐라도 새로 정의해야만 했던 건지, 하여간 그 말을 다르게 물고 늘어졌다.

"내가 정말 그냥 지나친 게 있긴 해. 경란이가 나한테 보낸 이메일, 내가 다 포워딩해줄까?"

영서는 순간 고개를 돌려 자기 집 벽을 일없이 노려봤다. 영서는 자신이 화가 났다는 걸 표시하는 데 그렇게 소극적인 사람인 줄 몰랐고, 그래서 더 당황했다.

"주혜, 너 촌스러워. 이러는 것도 다 좀 구린 거야. 그거 피곤하고 지겨운 거야. 네가 질린대, 경란이도. 너 복주머니에 십장생 수놓아서 네 할머니한테 선물하고 그런다며? 난 무슨 〈개그콘서트〉 얘긴 줄 알았다. 넌 그게 아름답냐?"

선미가 되는대로 고개를 흔들며 지껄였다. 경란이 "아니야, 오해야. 거짓말이야" 하고 팔을 크게 내저었다. 그래서 영서는 그게 거짓말이 아니란 걸 눈치챘고, 주혜도 그런 것 같았다. 주혜가 구석으로 가서 벽에 기대앉고는 눈을 감고 다시 한숨을 쉬었다.

"내가 질리는 건 이거야."

주혜는 그러고 다음 말을 잇지 못했다. 주혜는 선미에게 설명할 수 있는 방식으로 내가 아름다워야 하는가, 생각하다가 어깨가 뻐근해져 몸을 두 번 흔들고는 그 생각을 멈췄다. 그들은 빛바래고 있는 무언가의 아름다움을 그런 식으로 물끄러미 들여다보고 있었다. 선미는 거의 벗은 채로 바닥에 드러누웠고, 주혜는 그대로 웅크려앉은 채 몸을 다시 흔들었다. 영서와 경란은 바닥에 흩어져 있던 옷들을 주워입기 시작했다.

### 아름다움

경란이 케이크를 사오겠다는 핑계로 선미를 끌고 나갔다. 주혜와 영서는 집에 남았다. 그냥 흩어질 수도 있었지만, 영서 마음이 편치 않대서 다들 그렇게 하기로 했다.

"너 그런 줄 알았잖아. 걔가 그런 앤 줄, 너 알잖아."

영서는 주혜에게 하나 마나 한 말을 되풀이했다.

"그래서 내가 경고했잖아."

주혜가 영서를 돌아보지 않고 말했다. 영서는 그냥 주혜의 등뒤에서 있을 뿐이었다.

"넌 내가 지키려는 게 뭔지도 모르면서."

그 말을 듣고 영서는 막막했다. 사랑하는 소녀를 어느 밀항선에 태워 보내는 소년처럼. 영서는 서툴게 말했다.

"난 그냥 보여주고 싶었어."

"뭘?"

"넌 선미를 겁내니까. 너한텐 내가 있고, 나한텐 우리가 있고, 새해는 모두에게 새로울 거라고."

그러자 주혜가 고개를 가로저었다.

"넌 그냥 우리한텐 각자의 사정이 있고, 우린 모두 다르다는 걸 알려주려고 했어. 우린 다 달라. 그건 네 말이 맞아."

영서는 말문이 막혔지만 그건 할말이 없어서가 아니라 억울해서였다.

"아까 미친 짓 얘기할 때, 아무 말도 안 한 건 너야."

영서가 소리쳤다. 그러면서 동시에 생각했다. 나는 왜 소리치고 있을까.

"그건 니가 고작 주스에 침 뱉는 얘길 해서야."

주혜가 그렇게 말하자 영서는 점점 더 갑갑해졌다.

"나한테 누가 있다고 이래. 난 너한테 내 목숨도 줄 수 있어."

이번에 영서는 억울함보다 두려움 때문에 이렇게 말했다. 이건 지옥에 떨어지는 것과 비슷하다.

"나한테 연예인 쫓아다닐 철없는 시절이 뒤늦게라도 생겨나겠니? 난 그냥 세금고지서를 들고 만원버스에 올라타겠지. 우리 할머니랑 덤핑 속옷 나눠 팔기가 쉽겠지. 내가 은행을 털게 되면, 그게 최고 미친 짓일 거야. 너랑은 암것도 아냐."

주혜가 그렇게 말하더니 갑자기 눈물을 쏟았다. 영서도 따라 울기 시작했다. 이상한 지옥에서 그녀들이 울고 있다.

영서는 주혜랑 키스를 나눴던 길고 텅 빈 복도를 떠올렸다. 그날은 하루가 꿈처럼 짧았다. 두 사람 다 외로웠던 여름날이었다. 백만 사람과 섞여 있었더라도 알아볼 수 있었을 것이다. 나만큼 외로운 사람은 그 순간 너밖에 없었다는 걸. 영서는 그 얘기를 언제나 하고 싶었지만, 그 말은 너무 간절해 이상했고, 그래서 말 대신 주혜의 손을 잡았다 놓곤 했다. 그날 주혜의 숨결에선 바셀린 섞인 체리향이 났다. 복도의 공기는 미지근했고, 그들의 볼은 뜨거웠다. 창밖의 나무들이 바람에 너울거렸다. 나무 그림자는 복도 바닥에 떨어져 그들의 그림자와 뒤섞이며 흔들렸다. 그 모든 건 미친 짓은 아니었지만, 모두가 보는 앞에서 말로 내뱉을 수 있었다면 좋았을 것이다. 그러면 그녀들 모두가 우레탄 밴드를 두른 인생처럼 보이고, 그리하여 미러볼의 불빛 아래 속옷만 걸친 네 사람의 육체는 헐벗고도 아름다워 보였을 텐데. 그런데 지금은 둘이서 짠 눈물만 흘리고 있었다. 언젠가는 그들 모두가 떠나가야 할 이 집의 벽에 기대서서.

"네가 사고치고 싶지 않다고 했고, 난 너를 위해서."

영서는 떠들어대고 있었지만, 제 얘기가 제 귀에도 들리지 않았다.

"내가 기대한 게 있었나보지. 난 내 기대가 두려웠나보지. 이렇게 될 줄 다 알았나보지. 난 답답한 애니까."

주혜는 그렇게 말했지만, 곧 뒤돌아서서 영서를 껴안았다. 영서도 차가워진 손으로 주혜를 안았다. 경란이 두 사람 휴대폰으로 번갈아 전화를 걸었지만, 둘 다 받지 않았다. 경란이 무슨 말을 변명으로 내놓을까. 영서는 궁금한 마음이 잠깐 들었는데, 그 생각은 곧 전생의 생각처럼 희미해졌고, 뜨거운 키스에 그만 다리가 풀렸다.

## 의식

주혜와 영서는 함께 욕조에서 나왔다. 둘 다 물에 젖은 상태였다. 영서는 젖은 발로 새아빠 방에 들어가 삼각대를 가져왔다. 두 사람은 알몸으로 나란히 서서 사진을 찍었다. 첫번째 사진은 영서가 균형을 잃어서 영서 모습만 흔들려 나왔다. 두번째 사진이 찍혔을 때는 벨이 울려서 둘이서 한꺼번에 뒤를 돌아봤다. 그들은 벗어놓은 옷을 재빠르게 집어입고 인터폰 화면으로 선미와 경란이 밖에서 케이크 상자를 들고 있는 걸 봤다.

"열지 마."

주혜가 말했지만, 영서는 문을 열었다. 경란과 선미가 들어서며 아무 말도 하지 않은 이유는 곧 알게 됐다. "안녕!" 하는 짧은 인사와 함께 인정이 뒤따라붙어 집으로 들어왔으니까.

"만났거든, 오다가."

인정이 미소를 지으며 말했다. 인정, 선미, 경란이 뭐라고 한꺼번에 말을 더 늘어놓았지만 영서는 듣지 않았다. 영서는 케이크에 초를 꽂고 불을 붙였다.

"뭐야, 건전하게 노는구나? 언니들."

인정이 소파 위에 앉더니 거기 놓여 있던 월간 패션잡지를 뒤적이며 말했다. 영서는 실내등을 끄고 미러볼에 맞춰진 조명을 켰다. 인정이 잡지를 내려놓고 위를 한번 흘깃 쳐다보더니 어이없다는 듯 고개를 흔들었다.

"커피라도 내려?"

경란이 식탁 쪽으로 슬리퍼를 끌고 가며 물었다. 영서는 갑자기, 먼지 쌓인 바닥에서 대본을 주워든 가난한 배우처럼 콜록거렸다. 선미가 미간을 찡그리며 영서를 쳐다봤다. 영서는 목에 한 손을 얹고 선미를, 그다음엔 주혜를 봤다. 주혜는 고개를 저으며 단순히 이렇게 말했다.

"앉아. 괜히 그러지 말고."

영서는 들고 있던 라이터를 만지작댔다. 불꽃이 올라왔다 사라졌다. 선미가 아무렇지도 않게 리모컨으로 텔레비전을 틀었고, 모니터에 휴양지의 바닷가 모습이 떠올랐다. 건장한 외국 남자들이 파도를 탔다. 영서는 시간이 영원히 거기, 여름에 멈추어져 있는 듯한 나라의 파도 소리 속에서 주혜와 짧게 두 번 눈이 마주쳤는데, 영서가 마주친 그 눈은 아무것도 보고 있지 않았다.

"커피 내리지 마?"

경란이 좀 신경질적으로 되물었다. 영서는 창 쪽으로 다가가 야경을 내려다봤다. 커튼에 불이 붙은 건 그다음이었다. 영서 뒤에서 비명소리가 울렸다. 영서는 제 의식이 무의식을 두려워한다고 생각했고, 그래서였는지 그 순간 쓰러져, 그 나머지를 기억하지 못했다. 영서는 왼쪽 팔이 조금 뜨거워지는 걸 느꼈다.

눈을 떠 희미하게나마 주변을 볼 수 있을 때쯤, 영서는 들것에 실려 가고 있었다. 주혜와 선미와 경란이 모두 소리내 울었다. 인정이, (나중에 안 사실이었지만) 느닷없는 그 손님만 밖으로 뛰어나가다가 계단에서 굴러 다리가 부러졌고, 나머지는 모두 괜찮았다. 벽면 한쪽과 커튼이 타다 만 그 집은 전과 다른 무엇이 되지는 않았다. 영서의 새아빠와 엄마가 조용히 그 주와 그다음주의 일정을 조정했다. 불을 내도 창가를 골라 낸 건 정말 그애다운 행동이었다, 고 경란은 영서에 대해 말했다. 그건 칭찬도, 안도도, 수위를 낮춘 책망도 아니었다. 그냥 어쩔 수 없는 말일 뿐이었다. 영서는 주혜에게 사랑받고, 또 사랑을 주고 싶었지만 그 기대가 두려워서 심장과 입술 끝이 함께 뛰었다. 영서의 팔 한쪽은 화상이 남았고, 그건 아름답지 않았다. 내가 한 미친 짓은 선미의 일기장에 기록됐을까. 영서가 그런 생각을 하며 침대 위에 누운 채로 붕대 감긴 팔을 내려다보고 있을 때, 주혜가 영서에게 천천히 다가왔다. 언제부터 주혜가 거기 있었는지 영서는 몰랐지만, 주혜는 거기 있었다.

"우리 할머니 돌아가셨어. 그날, 화장실 욕조에서."

그 말은 꿈처럼 들렸지만 분명했다.

"노인들은 그럴 수 있대. 그때 난 집에 없었어."

영서는 시선을 조금 떨어뜨려 주혜의 목을 쳐다봤다. 제약회사 전화번호가 박힌 커다란 캘린더가 벽에 걸려 있던 것, 바깥의 공사장 소음, 미끌미끌한 미역. 그건 영서가 기억하는 그 집의 전부였다. 주혜네서 할머니가 끓여준 미역국을 먹었던 주혜의 생일, 그들은 방 안에 단둘이었지만 서로의 눈을 오래 쳐다보지 않았고, 밤길에 갑자기 싸웠고, 새벽엔 둘 다 체했다.

주혜가 영서의 머리칼을 쓸어올리고는 이마에 입을 맞췄다. 주혜는 말했다.

"난 너보다 빨리 오늘을 잊을 거야."

그리고 조금 뒤에, 주혜는 다시 말했다.

"괜찮다고 말해."

영서는 모든 것이 아무것도 아닌 게 되어버린 뒤, 자기가 불에 뎄던 자기 팔을 내려다보게 되면 추억보다 먼저 그게 욱신거릴 거라고 생각했다. 그러자 이상한 슬픔과 안도감이 찾아왔다. 끝이 났고, 여기가 끝이고, 시작도 이 끝에서부터일 거라고 받아들이자 더이상 별다른 말이 떠오르지 않았고, 그래서 정말 괜찮아야 했다. 그녀는 대답했다.

"괜찮아."

# 파티 피플

곳곳에서 배수관이 터지고 있다. 기분상 그렇다는 거다. 터져나오는 물대포를 맞고 있는 심정. 가을이 되면 우리 사무실 사람들은 약간 맛이 간다. 나도 예외는 아니다.

"그거 버릴 거야?"

"네."

"그럼 이것도 같이 버려줘."

나는 세번째 쓰레기통을 떠맡는다. 내가 청소부로 여기 입사한 것도 아닌데. 결국 이렇게 될 줄 알고서 이여사는 대학에 가지 말라고 내게 말했던 것이다. 현명한 우리 이여사는 대학 새내기가 된 내게 처음이자 마지막으로 영어학원비를 내주던 날 억울해서 눈물을 찔끔 짰다. 계모들은 다 그런가 싶어서 다른 계모들에 대한 정보를 인터넷으로 찾아보았는데, 네이버 지식인에 따르면 더한 쪽도, 덜한 쪽도, 반대인 경우도 있었다. 내 운이 나쁘거나 아버지가 자기 취향만 생각했던 게 문제였겠지. 나는 대학을 어찌어찌 졸업하고 내 잡무 능력을 높이 사는 이 회사에 말단으로 들어와서 삼 년을 보냈다. 작년까지는 돈을 좀 모아봤다. 그런데 올해 초에 만난 영철이가, '누난 내 여자니까' 하는 노래로 날 홀린 영철이가 내 돈을 조금씩 자기 돈처럼 쓰더니, 결국 나를 빈털터리로 만들어놓고 오늘 아침 결별을 선언했다.

"그동안 고마웠어."

영철이의 마지막 말은 그랬다.

"이 자식이!"

나는 짝 소리가 나게 따귀를 올려붙였지만 그렇다고 근사한 사람이 됐던 건 아니다. 나는 내 성질을 못 이겨 팔딱팔딱 뛰면서 영철이 옷자락을 잡아뜯으려다가, 그걸 피하고 막으려던 그의 팔꿈치에 맞아 눈두덩이 부었다. 그리고 지금은 안대를 한 채로 쓰레기통 세 개에 둘러싸여 있다.

쓰레기통을 들고 화장실로 가서 쓰레기봉투에 쓰레기를 쏟아넣은 뒤 그걸 사무실 건물 밖에 내다놓았다. 비워진 쓰레기통을 사무실로 가지고 들어와서 사장과 사장 부인, 그리고 내 책상 옆에 얌전히 내려놓고 엑셀 파일을 열어 오늘 내로 발송해야 하는 파티용품이 무엇인지 체크해보았다. 화이트 삼 단 꽃풍선, 티라이트, 파티 고깔과 마스크, 레이디 가가 가발 등등. 나는 주문자와 품목이 일치하는지 다시 한번 확인했다.

내 일은 또한 택배상자 포장일은 아니지만, 나는 종종 포장일도 미친 듯이 뚝딱한다. 오늘처럼 분노의 감정이 솟구칠 때는 테이프를 뜯어내 상자에 붙이는 속도가 굉장히 빨라진다. 테이프 뜯어내는 소리가 쩍쩍, 사무실에 계속 울려대도 뭐라고 하는 사람이 없다. 왜냐하면 내 월급은 쥐꼬리만큼이고 지난여름 나는 휴가비도 반납했으며, 지금 막 휴지통 세 개를 비웠기 때문이다. 다들 눈치는 있으니까 나란 인간이 지금 이런 식으로 항변한답시고 주접을 떤다고 생각하고 있을 것이다. 못 본 척하는 그들도, 격하게 테이프를 뜯는 나도, 이러다보면 어느새 점심시간이 온다는 걸 알고 있다.

사장은 약속이 있다며 밖으로 나서고, 이어 사장 부인이 말없이 따로 휙 나가버렸다. 아마 근방에서 둘이 만두를 사 먹고 있을 것이다. 삼 년 전까지만 해도 그들은 파티용품 판매와 이벤트 대행으로 한창 수입을 올리던 때가 있었다. 그러니까 나 같은 직원을 더 뽑았던 것이다. 그때는 이벤트 진행 도우미 아르바이트생들도, 웹 디자이너도 있었고, 영업 수완이 좋은데다 상품과 행사 사진을 기막히게 찍어 홈페이지에 올리던 팀장도 있었다. 잘나가던 한때에는 행사가 주 수입원이었고 파티용품 판매로는 부수입을 올렸다. 지금은 파티용 소품들의 온라인 판매만 하고 있다. 남은 물건들을 이런 식으로 처분해 팔고, 크리스마스에는 매출을 조금 기대할 수도 있을지 모르니 시간을 끌면서 최악의 순간을 뒤로 미뤄보는 것이다. 작년 가을은 작년 가을대로 아슬아슬해하며 겨울을 기대했다. 올가을은 또 올가을대로 작심하며 겨울을 바라보고 있는 중이다.

사장과 사장 부인은 내게 다른 공부를 하든지 아님 다른 일자리를 알아보도록 오후 한두 시간 정도는 외출을 허용했다. 마찬가지로 미율씨에겐 오전에 집에서 집안일을 보고 난 후 오후에 사무실로 나오도록 했다. 그렇게 해서 미율씨와 나는 전보다 낮은 페이로 불안한 미래를 점치며 계획을 세워야 하는 입장이다. 나는 미율씨에게 전화를 걸어 사무실로 들어오는 길에 사거리 가판대에서 에그토스트와 우유를 사다달라고 했다. 미율씨는 사무실 근처에 산다. 그녀의 남편은 성악을 전공한 사람이라고는 하는데, 몇 년째 레슨만 두어 개 뛰고 있단다. 미율씨는 남편이 대학에 자리를 잡을 것 같다고 이야기하곤 했다. 가르치는 일이 그의 천직인 것 같다고도. 미율씨는 처음 보았을 때보다 적어도 팔 킬로그램은 살이 붙은 듯 보였고, 표정도 몸만큼이나 무거워져서 행복해 보이는 느낌은 그다지 나지 않았지만, 전보다 살기가 나아지고 있다고 말한다. 나는 그런 미율씨의 이야기를 들으며, 나는 나아질 것도 더 나빠질 것도 없다고 대꾸하곤 했다. 그러면 미율씨는 내 말, 심드렁한 표정을 다 불쾌해했다. 미간을 찡그리고는 '젊은 사람이 왜 그렇게 말해?' 하는 것이다. 그래봤자 그녀와 나는 다섯 살 차이밖에는 나지 않는다.

미율씨가 사무실로 들어와 따끈한 비닐봉지를 내밀었다. 나는 일단 우유를 벌컥벌컥 다 마시고 나서 토스트를 먹었다. 이 모습은 당연히 숙녀답지 못하다. 영철이는 숙녀 타령의 대가였다. 숙녀가 그게 뭐야? 조신하게 좀 말할 수 없어? 신사임당이 인쇄된 오만원권도 좋아했다. 그러니까 우리가 이렇게 깨지게 될 걸 전혀 예상치 못했던 것은 아니다. 내가 힘이 들 때 내 곁을 떠나가는 사람들을 다 미워하다보면 세상 사람들을 거의 다 미워해야 할지도 모른다. 차가운 우유로 타는 속을 잠재우고, 그러고 나서 따뜻한 걸 먹으면 체하지 않겠지.

미율씨가 내 자리로 다가와 포장된 상자들을 체크했다.

"점점 줄고 있어."

미율씨가 말했다.

"작년 가을에는 그래도 주문이 이보다는 많았는데."

나는 토스트 포장지를 구겨서 사장의 휴지통에 정확히 던져넣었다.

"사람들이 파티나 할 기분이 아닌가보죠."

나는 아직 입을 우물거리면서, 미율씨의 배를 바라보았다. 분홍색 상의를 입고 있어서 불룩한 배가 그대로 분홍빛 살덩어리 같다는 느낌을 준다.

"나 머리가 아픈데, 약 가진 거 있어요?"

내가 묻자 미율씨가 자기 자리로 가 가방을 뒤적이더니 아스피린을 가져왔다.

"아스피린이 두통에도 듣나? 해열제 아닌가?"

미율씨는 내 질문에 건성으로 대답했다.

"잘 들을 거야. 그리고 자기."

미율씨는 부탁할 일이나 미안한 일이 있을 때 나를 '자기'라고 불렀다. 나는 아스피린을 입에 문 채 두 눈만 치뜨고서 '왜요?' 하는 듯한 표정을 만들어 보였다.

"이따가 나갈 거야?"

나는 아스피린을 삼켰다. 미율씨가 내 대답을 듣기도 전에 용건을 털어놨다.

"병원에 예약을 잡았는데, 한 달 후에나 차례가 돌아올 거라고 하더라고. 근데 갑자기 오늘 오후에 올 수 있겠냐는 전화를 받았어. 환자 하나가 예약을 취소했다더라고."

"나도 아파요."

나는 못된 년처럼 굴었다.

"어디가?"

"지금 삭신이 다 쑤시고 아파요. 아스피린도 이렇게 챙겨 먹잖아."

나는 그녀 대신 사무실에 남아 있는 일이 싫었다기보다는 그냥 사무실에 일없이 계속 죽치고 앉아 있게 된 게 싫었던 거지만, 미율씨가 나를 원망스럽게 노려보자 알겠다고 대답했다.

"그럼 여길 통으로 내가 다 쓰죠, 뭐."

나는 가방에서 추잉 껌을 꺼내 질겅질겅 씹었다. 하나를 더 꺼내 미율씨에게도 주었다. 우리는 둘 다 껌을 씹으며 창밖을 잠시 내다봤고, 미율씨는 곧이어 밖으로 나갔다. 병원은 버스로 한 시간 거리에 있다고 했다. 진료가 늦어지면 전화를 주겠다고 하며 미율씨는 쓸쓸하게 웃다 말았다. 나는 어디가 아픈 것인지 묻지 않았다. 미율씨는 네 살 난 아들이 있다. 아직 말을 하지 못한다. 이유가 무엇인지 알아봤지만 아직 모든 게 불확실하다고 했다. 전문의를 몇 명 더 만나봐야 하겠다는 말을 다짐처럼 하곤 했다. 창을 통해 미율씨가 횡단보도를 건너는 모습을 보았다. 미율씨는 오늘 분홍색 상의만 특이한 것이 아니다. 바람이 불자 검정 스커트가 둥글게 부풀었다. 바람이 그녀를 풍선처럼 만들었다. 나는 창으로부터 뒷걸음질쳐서 다시 내 자리로 돌아왔다. 창을 통해 오랫동안 아래를 내려다보면 슬픈 생각이 떠오른다. 휴대폰을 들여다봤지만 영철이의 메시지는 없었다. 좋은 메시지라고 할 만한 다른 메시지들도 깨끗이 없었다.

나는 껌을 뱉고 화장실로 가서 손을 씻고, 치아를 닦고, 흘러내린 머리칼에도 물을 묻혀 정갈한 모습을 만들어보았다. 오늘 아침의 일을 기억의 파일 속에서 들어내고 새로운 사람이 되어야지.

사무실로 돌아와 재고가 쌓인 방에서 곰돌이 마스크와 용수철이 두 개 달린 머리띠를 집어 썼다. 용수철 끝에는 별이 두 개 달려 내가 움직이는 대로 달랑거린다. 나는 무지개색 초를 꺼내 불을 붙인 뒤 그걸 마술봉처럼 휘저어보았다. 촛불이 꺼졌다.

"어, 여기 계시네?"

택배기사 윤섭씨가 등뒤에서 나를 알은체했다. 그는 내 뒷모습에 일가견이 있나보다. 나는 고개를 돌려 곰돌이 얼굴로 인사했다.

"식사했어요?"

그는 눈웃음을 짓더니 고개를 젓는다.

"토스트 먹을래요?"

"아뇨."

나는 내가 잘라 먹고 반 남은 토스트를 그에게 주려고 했지만 그는 아무것도 먹고 싶지 않다고 했다. 윤섭씨는 너무 바짝 말랐다. 윤섭씨는 다시 태어나면 초원의 사자가 되고 싶다고 말한 적 있었다. 그런 대화를 하기에 적당하지 않은 올해 설 연휴 끝에. 그런데 이제 보니 윤섭씨는 마른 생선 같다.

"그럼 물이라도 한잔해요."

나는 뭐라도 먹어야 할 것 같은 그를 위해 냉장고에서 생수를 가져다주었다. 윤섭씨는 택배상자를 밀대에 쌓아놓고는 생수를 받아마셨다. 그의 손에 언제나 끼워져 있던 금반지가 오늘은 보이지 않는다.

"잘돼가요?"

내가 물었다.

"뭐가요?"

그가 되물었다.

"그냥요, 다. 여긴 보다시피 잘 안돼가는 중이라서."

윤섭씨에게 내 딱한 사정을 털어놓을 수는 없어서 나는 다만 뭉뚱그린 '그냥요, 다'에 많은 것을 걸어놓는다. 그런데 의외로 윤섭씨는 자기 불행에 털털하다.

"지난달에 여친이랑 깨졌어요. 결혼까지 생각했는데. 일찍 결혼하는 게 내 꿈이라서 정말 잘했는데. 근데도 잘 안됐네요. 죽을 것 같더니만, 어제부로 마음이 정리됐어요. 저, 멀리 이사 가요. 택배일도 이달이 마지막이에요."

다른 사람들이 있을 때도 나는 윤섭씨와 이렇게 짧은 대화를 주고받았다. 그는 택배기사 유니폼을 항상 챙겨입고, 정확히 배달되어야 하는 물품의 배송이 지연될 때는 사무실로 꼭 안내전화를 넣어줬다. 나는 밀대를 밀고 사무실을 나서는 그의 뒤통수에 대고 종종 '잘 부탁드려요'라고 예를 갖춰 인사했다. 고객만족을 지향하는 못 말리는 업무상의 완벽주의 같은 것은 아니었다. 나는 때로 산다는 일을 버티고 있었고, 그를 보면 그도 무언가를 성실히 버티고 있다는 걸 느낄 수 있었다.

"잘 부탁드려요."

나는 밀대를 밀고 밖으로 나가는 윤섭씨의 뒷모습에 대고 말했다. 윤섭씨는 뒤돌아보지 않고 "네" 하고 대꾸했다.

점심시간이 훨씬 지나서 사장 내외가 사무실로 돌아왔다. 나는 미율씨가 병원에 갔다고 말했다. 사장 내외는 미율씨에 대해서는 더 묻지 않았고, 재고를 정리하고 사무실을 조만간 비워줘야겠으니 그리 알고 있으라고 했다.

"어디로 치워요?"

"일단 집으로 가져갈 거야."

"다요?"

"글쎄, 생각 좀 해보자고."

사장 내외는 책상에 앉아 컴퓨터로 사무실 매물 정보를 검색하기 시작했다. 나는 가방을 챙겨 스리슬쩍 사무실 밖으로 나왔다. 사장 내외와 가족적인 분위기를 연출하던 때도 있었다. 사장의 딸이 요리사, 발레리나, 탐험가 등등으로 자기 꿈을 이랬다저랬다 바꾸는 동안 그 얘길 함께 듣기도 했고, 전국 규모의 어린이 요리사 콘테스트에서 참가상을 받았을 때는 격려차 대형 케이크를 주문해 사무실 식구들과 사장네 일가족이 함께 케이크 절단식을 했다. 케이크 상단에는 초콜릿 무스로 '우린 네 꿈을 응원해'라는 문구가 쓰여 있었다. 온정적이고도 촌스러운 이벤트였다. 이벤트는 역시 비즈니스가 되어야 준비하는 입장에서도 좀더 뻔뻔하고 활기찬 아이디어를 내놓게 된다. 사장의 딸이 요새 무엇을 꿈꾸는지는 모른다. 아무도 모른다. 사장 내외가 조금 전 만두를 먹으며 그 얘기를 나눴을 것 같지도 않다.

나는 일단 사무실을 나왔지만 갈 데가 마땅치 않아 버스정류장에 쭈그리고 앉았다. 속이 뒤틀리는 느낌이 들었다. 식은땀이 나고 머리가 핑 돌면서 구토가 일었다. 그러다 시야가 뿌옇게 되었다. 침이 말랐다. 괜찮아. 나는 내 몸에게 말을 건다. 전혀 괜찮지 않아. 몸이 그렇게 말하며 숨통을 쥐어짜내고 있는 듯한 느낌이 들었지만 이내 난 괜찮아졌다. 심호흡을 하고 천천히 자리에서 일어섰다.

지난 한 달 새 이력서를 여섯 곳에 집어넣었다. 두 군데서 연락이 왔는데, 한 군데는 방송국 근처 신형 건축물 내에 사무실이 있었다. 의욕이 넘치는 젊은 대표와 그보다 나이도 많고 쓸데없는 말도 많은 이사, 그리고 무슨 광고기획사에서 초빙돼 나왔다는 젊은 남자 하나가 면접 보는 자리에 앉아 있었다. 지원자들 둘씩 짝을 이뤄 대표 사무실로 들어가서 면접을 봤다. 대표가 아버지가 돌아가신 날 중요한 회사 프로젝트와 일정이 겹친다면 어떻게 하겠냐고 물었다. 내 옆에 앉은 지원자는 아버지를 택했다. 나는 거지 같고 창의력도 없는 질문이라고 생각하면서도, 나는 매우 책임감이 강한 사람이라고 피력했다. 그런 다음 나는 심사가 틀어져서 굉장히 황당한 얘기를 늘어놓았다. 미래도시에 대한 얘기였다. 면접관 세 명이 그 순간 다 내 광기에 위축되었다고 본다. 당연히 연락이 안 올 줄 알았는데 다음날 연락이 왔다. 나는 내가 받고 싶은 페이를 꽤 높게 불렀고, 담당자는 전화를 끊었다. 아마 직원 테이블에 둘러앉아 누군가는 그 말을 하며 킬킬대고 웃었을 것 같다.

다른 한 군데는 입구까지 갔다가 되돌아나왔다. 사장이 직접 내게 전화를 걸어 면접을 보러 오라고 한 데였다. 아주 친절한 남자였다. 목소리를 듣자 그 모습이 연상됐다. 책상에 혼자 앉아 전화기를 붙잡고 있는 대머리의 남자. 오래된 잡지와 책을 모아 꽂아둔 책장 앞에는 로터리클럽에서 받은 위임장이나 상패 같은 게 진열돼 있고, 약간 보풀이 인 회색 양말을 신은 오른발을 오래된 구두에서 꺼내 그걸로 바닥을 딛고서, 또 한 손으로는 코를 만지작거리며 부드러운 통화용 목소리를 구사하고 있는, 아직 아무 직원도 뽑지 않은 무료한 사장님. 철제문을 단 사무실들이 층마다 서넛 들어서 있는 오래된 오층짜리 회색 건물에 오르며 나는 나를 응원할 수가 없었다. 이층에 올라, 닫힌 철문에 가만히 귀를 기울여보다가 아무 소리도 나지 않는 그곳으로부터 천천히 뒤돌아섰다.

"좋은 기운이 있으세요."

검은색 배낭을 멘 커트머리의 여자가 내게 알은체를 해왔다.

"제가 공부를, 수련을 좀 하고 있거든요."

여자는 그렇게 말하고 깊은 눈으로 나를 쳐다본다. 도의 전도사인 듯하다. 아마도 당장은 아니더라도 결국은 내게 뭔가를 사라고 할 것이다. 어디로 데려가기도 하고. 어떤 이들은 좋은 기운에 대해 더 알아보려고 따라나섰다가 집안에 깃든 안 좋은 기운을 물리쳐야 한다는 말을 듣고는 겁먹은 얼굴로 지갑을 열어 지폐나 신용카드를 꺼내놓고야 만다고도 들은 적 있다. 나는 지금 그녀를 상대할 기분이 아니지만, 누구라도 상대할 만큼 시간이 비어 있다.

"남자가 많아요. 그런데 본인이 쳐내고 있어요."

여자는 헛다리 짚는 얘기를 지껄이면서도 매우 신중한 자세를 잃지 않는다. 차라리 그 여자 말을 믿고 싶을 정도로 내 기분이 엉망진창이라는 걸 말해줄까 말까.

"방법이 없는 건 아니에요."

여자가 살짝 내 팔에 손을 짚는다. 나는 그녀의 눈을 들여다본다.

"저기요."

나는 약간 망설인다. 그녀는 무슨 고민에건 고개를 끄덕여줄 용의가 있다는 듯 결연한 표정으로 내 다음 말을 기다린다.

"우리 둘 다 지금 되게 우울해 보여요, 자기."

나는 그녀에게 그 말을 하고 마침 그때 내 앞에 멈춰 선 버스에 올라탔다. 자기. 미율씨의 말버릇. 나는 내게서 자기, 로 호명된 여자가 멀어지는 모습을 차창을 통해 바라봤다. 여자는 무표정하게 그 자리에 서 있다가 이내 뒤돌아서서 자기 길을 걸어갔다.

예쁜 그림들을 담벼락에 그려넣은 어느 골목에 쭈그려앉아 내 인생이 왜 이렇게 꼬이고 있는지 생각했다. 이런 생각이 소용에 닿았던 적이 별로 없지만 나는 눈을 부릅뜨고 땅바닥을 내려다보면서 이건 아니라고, 벗어나야겠다고, 이를 앙다물었다. 그러자 그 결심에 버저를 울리듯이 휴대폰이 부르르르, 가방 포켓 속에서 진동했다. 영철이였다.

"아, 아, 나 좀 도와줘."

영철이는 꺽꺽 울었다. 죽을 것 같은 기분을 억누르고 있는 내게 살려달라고 하는 이 대책 없는 인간은 한때는 나를 안달나게 했던 선량한 눈동자와 탐스러운 입술로 '세상을 다 얻은 것 같아, 그런 것 같아' 속삭이고 속삭이던 그 인간이 더이상 아닌 채로 울었다. 꺽꺽꺽.

"야, 너 거기 가만히 있어. 꼼짝 말고 기다려. 징징거리지 말고 물 한잔 마시고 기다려."

돌아보면, 나는 영철이와 어떻게든 더 잘해보겠다는 마음을 포기한 채로 두 계절을 넘겼고, 오늘 아침의 일은 그러므로 굉장한 비극은 아니었다. 그러나 아름다웠던 기억들이 있었고, 그런 추억들 외에 내 인생을 달리 뭐라고 할 수 없었던 나는 숨을 헐떡이며 영철이에게 달려갔다.

영철이는 문짝 네 짝 중 두 짝이 움푹 들어간 고물 자가용의 조수석에 들어앉아 울고 있었다. 신축 오피스텔 주차장. 운전석에는 영철이의 '아는 형님'이 이마에 손을 짚고 한숨을 푹푹 내쉬었다.

"아, 정말, 형, 형."

나는 차 문을 열어 영철이를 끄집어내서 정신을 차리라고 흔들어댄 뒤, 영철이의 아는 형님도 차 밖으로 끌어냈다.

"이봐요! 왜 애를 잡고 그래요?"

나는 영철이의 아는 형님에게 눈을 부릅뜨고 소리쳤다. 팔뚝이 내 허벅지보다도 굵은 그 남자는 앓는 소리를 하며 자기에게 딸린 식구가 많고 어쩌고 하더니 영철이는 젊으니 이제 무어라도 할 수 있지만 자기는 정말 벼랑 끝에 몰렸다고 하면서, 그러나 이대로 죽을 것은 아니니 언제고 영철이가 자기 점포에 투자한 금액은 보상하겠다고 했다.

나는 그 약속에 그의 똥차를 걸도록 했다. 그 말이 믿을 만해서가 아니라, 뭐라도 걸고 하는 말이 필요했던 탓이다. 똥차에 영철이를 태워서 액셀을 밟았다. 영철이가 조수석에서 비명을 질렀다. 나는 미친 듯이 달리다가 어느 주택단지 앞에 차를 세웠다. 심호흡을 하고 차를 뒤져 CD를 몇 장 찾아냈다. 그대여, 이렇게 해봐요. 그대여, 저렇게 해봐요, 봐요, 봐요, 봐요, 날 좀 봐요. 고속도로 휴게소에서 샀을 법한 무명가수의 노래인지 타령인지 모를 노래를 들었다. 웃음이 났다. 그러나 영철이도 따라 웃자 나는 악, 소리를 질렀다. 그러는 동안에도 무명가수는 '그대가 날 보기'를 바라며 간질간질한 후렴구를 반복하고 있었다.

나는 되는대로 잔소리를 늘어놓기 시작했다. 애정이 아직 끓고 있을 때 하던 그 잔소리를. 왜 넌 아무나 믿고 그러냐. 그건 네가 너 자신을 믿어줄 자신이 없어서 그런 거 아니냐.

그러다 나는 차라리 랩을 하는 게 낫다고 생각했다.

넌 너보다 훨씬 사람 같지 않은 놈들을 형님으로 알고 있어. 네 형님 똥차는 구려. 왜냐면 네 형님은 형수님 이름으로 좋은 차를 뽑아놓고 너 같은 놈들이 걸려들길 기다리기 때문이지. 네 형님은 거미, 거미. 너는 개미, 개미, 개미.

나는 그러나 랩에 소질이 없었고, 내 랩은 심지어 슬펐다. 그러다보니 나는 다시 무덤덤해졌다. 영철이도 말없이, 기운도 없이, 내 옆에서 자기 발끝을 내려다보다가 눈물을 주르륵 떨어뜨렸다.

영철이가 같지도 않게 우리가 정말 사랑했을까, 하고 꼴값을 떨었다. 그애로서는 정말 뾰족한 수가 없었던 것이다. 나는 입술을 깨물고 이 상황을 참아냈다. 그러다 미율씨 전화를 받았다.

"나 사무실로 들어가려고 하는데."

미율씨가 코 먹은 듯한 목소리로 말했다.

"조직검사를 해야겠다고 하는데, 탈의실에서 옷 벗고 나오니까 간호사가 약 먹은 거 없냐고 묻잖아."

미율씨는 지난 일주일 중 사흘간 아스피린을 복용했는데, 그 때문에 조직검사시 지혈이 되지 않을 수도 있다며 일정을 뒤로 미루게 됐다고 했다.

"그래서 나 지금 들어가. 버스 타고 사무실로 가고 있다고."

나는 미율씨한테 사장에게 전해들은 말이 있는가 물었는데, 미율씨는 기어들어가는 목소리로 "대강" 하고 대꾸했다. 미율씨와 나는 적당한 곳에서 만나기로 했다. 나는 형편없이 낡고 후진 남의 차에 타고 있지만 이 차에는 세 명 정도를 더 태워도 되니 푸짐한 미율씨가 뒷좌석에 다리를 뻗고 반쯤 누워도 괜찮았다. 이 정도의 행운. 이 정도의 사소한 안도. 나는 웃었다. 이 정도의 쾌활함.

약속한 장소에서 미율씨를 만나 차에 태우고서 사무실로 달려갔다. 퇴근시간까지는 한 시간 정도 남아 있었지만, 사무실 문은 이미 잠겨 있었다. 나는 비밀번호를 눌렀다. 문은 열리지 않았다. 곧잘 내 손으로 열고 들어가던 문인데도 정신이 반쯤 나간 건지 비밀번호가 당최 생각나지 않았다. 난감해져서 이번에는 아무것도 기억해내려 하지 않으며 손가락이 습관대로 움직이도록 했다. 그러자 문이 열렸다. 내 손은 내가 의지하는 것과는 다른 것을 믿고 있는 모양이다.

사무실로 들어와 미율씨와 재고들을 정리했다. 영철이에게는 잔심부름을 시켰다. 전화를 받고, 커피를 끓여오고, 책상을 닦고, 그리고 미율씨와 내가 일하는 소리를 들으며 그 속에서 그도 조용히 그의 슬픔을 정리해야 한다.

나는 미율씨 몸의 어느 부분이 어떻게 잘못되어가고 있는 것인지, 혹은 무슨 미심쩍은 징후가 있는 것인지 알아내고 싶지 않았다. 미율씨도 거기에 대해선 조용했다. 하긴 검사를 받고 결과를 듣기 전까지는 우리가 진심으로 걱정할 수 있는 게 무엇인지 그녀도 나도 모른다. 지금은 사장 집으로 옮겨갈 재고를 정리하는 일 외에는 아무것도 우리 몫이 아니었다. 뚝딱 처리하고 나면 한숨 돌릴 수 있을 것이다.

"있잖아."

미율씨가 상자에 가면들과 형광색 나팔들을 담으며 말했다.

"지난 결혼기념일에 시누이가 선물로 시를 써줬어."

"시누이가 시인?"

그럴 리 없다는 걸 알면서도 내가 물었다. 하긴 누구나 시인이 될 수도 있지.

"아니. 시인이 누군지는 까먹었네. 근데 되게 좋았어. 당신이 나를 쿵쿵쿵 두드린다, 그런 구절이 있었어."

"흐응."

나는 작업속도를 내면서 적당히 추임새를 넣었다.

"시누이는 좋은 사람이야. 남편보다 좋은 사람이야. 하여간 그날 밤."

그날 밤은 문제의 밤이었다. 미율씨가 둘째를 가진 밤.

"아."

나는 미율씨의 이야기를 듣고서 잠깐 동작을 멈추고는 그렇게 말했다. 아.

어떤 불행 속에는 약간의 행운과 질문이 들어 있다. 혹은 어떤 행운 속에는 약간의 불안과 신경증과 미소와 눈물이 함께 섞이며 흘러다닌다. 미율씨는 내게, 또 사무실의 누구에게도 자신의 변화를 비밀에 부쳤다. 미율씨의 아기는 태어나기도 전에 미율씨와 함께 질병에 맞서 싸워야 하는 운명인지도 모른다. 질병이 문제가 아니라면 그다음은 삶이 문제일 것이다. 가을이 지나가고 기적의 겨울이 오는 일. 크리스마스트리가 거리마다 아름다운 날, 초대 손님 명단을 꾸리고 있는 한 떼의 파티 피플이 전화기를 들고 우리 사무실로 금빛 구슬들과 반짝이 옷과 노래하는 사람들을 구하는 날.

"걱정스러워. 아스피린 없이 보낼 수 없는 날도 있고."

미율씨가 말했다.

"쿵쿵쿵, 그걸 조심했어야죠."

썰렁한 농담이나 던지고 나니 만사에 의욕이 사라지고 기운이 쭉 빠졌다.

"여기서 이거 하나 사라진다고 뭐가 어떻게 되진 않겠지."

미율씨는 작은 상자를 하나 꾸려서 밖으로 빼냈다. 재고물품들을 삼분의 일 정도 정리하고서 미율씨는 자기 휴대폰으로 남편에게 전화를 걸었다. 내게서 등을 돌리고 조금씩 멀어지더니 창가로 다가가 아래를 내려다보며 통화를 했다. 눈치 없이 그 근처를 서성거리던 영철이를 내 쪽으로 불러들였다.

"영철아, 끝장은 내일 내자."

"그래."

"넌 못 믿을 놈이지만."

"나도 힘들어."

"언제나 나보다 먼저 힘 빠지는 놈이지만."

"내가 그랬나?"

"오늘은 미워할 힘이 남아 있지 않아."

"……"

미율씨가 전화를 끊고 내게 다가왔다.

"그이가 데리러 올 거야."

"그럼 우린 먼저 가요."

영철이를 앞세우고 사무실을 빠져나오려는데 미율씨가 나를 불러 세우고 봉투를 하나 건넸다. 미율씨는 한쪽 입가에만 살짝 미소를 띠더니 말했다.

"시간 괜찮으면 가. 남편이 오늘 음악회 갈 기분이 아니라네. 버리긴 아깝고, 당장 줄 사람도 없어."

"글쎄, 우리는……"

"버리려면 자기가 버려줘."

나는 봉투를 받아들고 고개만 까딱한 뒤 영철이와 사무실을 빠져나왔다.

누구나 한두 가지 정도는 장점이 있다. 내 장점은 내 어머니가 둘인 데서 왔다고 본다. 세상에 어머니가 한 사람인 여자들은 어쩔 수 없는 마음의 지옥이 하나 정도겠지만, 내게는 둘 이상이다. 그러므로 어떤 지옥들은 때때로 피신처가 되곤 한다. 하나에게서 염증을 느끼면 다른 하나를 바라볼 만하게 되고, 저편을 끔찍하게 여기게 된다면 이편을 견딜 만하게 여기게 된다. 친모와 계모 사이에 내가 상정해놓은 타협점. 아버지는 능력만 되었다면 열 명 이상의 여자를 부인으로 두고 싶었을 것이다. 인생은 하나로 충분하기도 하고, 열로도 충분히 모자란다. 내게는 많은 사람들을 막연히 다 이해하고 싶은 본성이 있다. 나도 살아야 하니까. 내 앞의 이것이 내 삶이니까.

평일 저녁의 음악회. 영철이와 나는 뜻하지 않게 괜찮은 중간 좌석에 앉아서 뭔지 모를 클래식 음악을 들었다. 남녀 성악가가 나와 노래를 했다. 음악은 꼭 아름다웠다고만은 할 수 없다. 과시적인 여자 성악가의 드레스 장식, 모션, 그런 것을 보다보면 내 눈물이 하찮게 느껴진다. 그걸 알면서도, 나는 한쪽 눈에 안대를 한 채로 눈물을 흘렸다. 울면서, 다른 방식으로 나를 위무했다. 허영에 찬 소녀처럼, 드레스 끝자락을 밟힌 게 못내 분한 소녀처럼.

"나, 가고 싶어."

나는 꾸벅꾸벅 졸고 있는 영철이의 귀를 잡아당겨 말했다. 우리는 중앙 통로를 가로질러서, 예의범절을 모르는 상것들처럼 걸어나왔다. 소프라노가 고음을 내지를 때 나는 가방을 놓쳤다. 화장품과 펜, 영수증 들이 와르르 쏟아져나왔다. 영철이가 그걸 주워담았다. 우리는 사람들의 눈총을 받으며 화려한 조명을 등지고 계속 출입구까지 걸어갔다.

밖으로 나와 근처 꽃집에서 꽃다발을 구입했다. 오늘은 미율씨에게 무슨 날이었을까. 병원에 가야 하는 날이면서, 또 음악회를 가기로 했던 날이기도 하면서, 그러나 조직검사 일정을 미루고 회사로 돌아와 재고들을 정리해야 했던 임신부인 그녀에게는.

나는 영철이를 조수석에 태우고 찌그러진 차를 몰고서 미율씨네 집 근처로 가서 미율씨에게 전화를 넣었다.

"나 집 앞에 와 있어요."

그런데 미율씨는 깜짝 놀라지도 않는다.

"난 집 뒤에 있어요."

미율씨 목소리는 담담하고 낮았다. 나는 차를 세워두고 영철이를 끌고서 그 집 뒤꼍으로 걸어갔다.

미율씨의 집 텃밭에 서서 영철이와 하트 모양으로 세팅된 풍선들을 바라본다. 최악의 날들 중에서 또 하루가 저물어가고 있다는 것을 우리들은 어렴풋이 안다.

"이런 거 빼돌리는 재주가 있는지는 몰랐네."

나는 시시껄렁하게 군다. 머쓱하면 나는 그따위가 된다. 미율씨는 내가 건넨 꽃다발을 받아 안고 웃는다. 냄새를 맡는다.

"자기는 좋은 사람이야."

미율씨가 내게 말한다. 내 생각에, 그 칭찬은 힘이 없다. 그러니까 힘껏 으스대기로 한다.

"그럼요. 나는 주변을 밝히는 재주가 있어."

미율씨의 텃밭은 화단 수준으로 자그마하고, 상추와 호박, 꽈리고추가 약간 심겨 있다. 미율씨는 애호박 하나를 따서 내게 준다.

"실한 건 그거 하나네."

미율씨가 웃었다. 웃을 일도 많다.

영철이와 미율씨 남편은 둘이서 맥주를 사러 가자고 얘기를 나누더니 나란히 자리를 뜬다. 미율씨가 빨간 망토를 두른, 네 살 반 된 아들 찬식이를 끌어안고 다독이며 콧노래를 흥얼거린다. 찬식이가 음음, 어어, 하고 추임새인지 칭얼거림인지 모를 소리를 웅얼거린다. 우리에게는 다른 사람들에게서 가져온 낡은 차와 파티용품이 있고, 깔개용 신문지와 비닐봉지 정도는 넉넉하다. 그리고 이젠 애호박도 하나.

"오늘 너무 무서웠어."

미율씨가 찬식이의 머리통에 자기 입술을 묻으며 중얼거렸다.

"침착하드만요."

"아까 데리러 와줘서 고마워. 너무 고마워."

그때 내게서 스스로도 예상치 못했던 말이 새어나왔다.

"난 이 일을 좋아하나봐요."

영철이와 미율씨 남편이 캔맥주를 사서 돌아왔다. 넷이서 그걸 들이켰다. 우리는 조금씩 슬픈 사람들이었다. 간혹 외로운 사람들이었고, 혼자 아픈 사람들이었고, 자주 넘어지는 부류였다. 손바닥만한 텃밭에서 맥주를 마시면서 자기 애상을 읊조리고 싶어하지 않는 사람들. 인생이 파티의 연속은 아니라는 걸 아는 사람들.

아무런 말 없이 하루가 기울고 있다. 그러다 어느 순간 나는 택배기사 윤섭씨로부터 문자메시지가 와 있던 걸 뒤늦게 발견했다.

내일부터 다른 사람이 갈 거예요. 늘 건강하시길.

나는 메시지를 가만히 들여다보다가 그걸 영철이에게, 미율씨와 미율씨 남편에게도 보여줬다. 그게 뭐라고. 우리는 맥주캔을 부딪치며 먼 곳, 누군가의 새출발들을 기원하며 가을바람을 맞았다. 아직 다가오지 않은 시간의 비밀을 오늘이라 여기며, 축사와 마음을 쿵쿵 두드리는 어떤 시어들만이 지금 우리가 안아볼 수 있는 단 하나의 진실인 것처럼. 꼭 그런 것처럼.

# B캠

## 1

영화배우 하남은 두 가지로 유명했다. 하나는 그가 삼십대 초반에 찍은 코카콜라 CF, 또다른 하나는 뚱보에 잔소리꾼이었던 그의 전처. 다른 의견도 있었다. 그가 영화로 이름을 날리기 전 연극무대에서 맡았던 〈고도를 기다리며〉의 포조 역할이 기억할 만한 모험이었다는 것, 육 개월 전 그와 결혼식을 올린 그의 현재 처가 반반한 영계라는 것. 이름난 중견배우 둘이서 오지 않는 고도를 기다리고 있던 그 연극무대에서, 관객들은 이십대 애송이 배우였던 하남이 분장하고 나온 고압적인 포조 역을 기이한 농담으로 받아들였다. 그리고 그가 환갑을 바라보는 나이에 이제 막 서른을 넘긴 메이크업 아티스트와 결혼했을 때는, 이게 그의 부조리극이 될지 그녀의 부조리극이 될지 궁금하다며 입방정을 떨었다.

## 2

다큐멘터리 팀이 하남의 집에 도착했을 때는 여름 한낮이었다. 하남의 젊은 아내 이선이 민소매 톱에 쇼트팬츠 차림으로 그들을 맞았다. 하남은 마당의 은행나무 그늘에 서서 커다란 잡종 검둥개의 털을 빗질하고 있었다. 개가 짖어대자 하남이 개의 주둥이에 자기 손바닥을 갖다댔다. 개는 금세 조용해졌다.

"우리집 에어컨이 고장났어요."

이선이 고개를 저으며 말했다.

"빌어먹을 기술자가 내일이나 돼야 온대요."

그녀는 바닥에 슬리퍼를 끌면서 얼굴을 살짝 찡그렸다.

"괜찮습니다. 오늘은 간단히 스케치만 할게요."

다큐멘터리 팀원들 중 하나가 대꾸했다. 그들은 총 네 명이었다. 감독, 스크립터, 카메라맨 둘. 모두 젊은 남자들이었다. 그 네 젊은이가 하남과 검둥개, 이선을 따라 집 안으로 들어갔다. 집 안은 바깥보다 더 더웠다. 이선이 얼음물을 들고 와 다큐멘터리 팀원들에게 돌렸다.

"때맞춰 잘도 고장났어요. 아유, 빌어먹을."

빌어먹을, 은 아마도 그녀 삶에서 가장 많이 쓰이는 단어인 듯했다. 어디선가 고마운 바람 한 줄기가 불어와 이 집의 커다란 창에 드리워진 속치마 같은 커튼 자락을 건드렸다. 커튼 자락은 너울너울 부풀었다가 그 곁에 놓인 중후한 원목 장식장을 살짝 스치며 다시 가라앉았다.

"그건 내가 출연했던 영화에서 메고 나왔던 거예요."

하남이 말했다. 카메라맨 하나가 하남이 가리킨 원목 장식장을 비췄다. 장식장 안에는 하얀 가죽 스포츠백이, 그 아래칸에는 체크무늬 셔츠, 용무늬가 새겨진 은팔찌가 놓여 있었다.

"그 영환 이제 다시 못 봐요. 필름이 소실됐어요."

하남이 쓸쓸한 표정을 지으며 다시 말했다. 땀 한 줄기가 그의 이마에서 관자놀이께로 흘러내려오고 있었다. 이선이 카메라를 그저 옆구리에 끼고만 있는 또다른 카메라맨 가까이 다가가 그의 팔꿈치를 쳤다.

"멜로영화였어요. 저이가 주인공. 근데 왜 자긴 암것도 안 찍죠?"

카메라맨이 팔을 조금 움츠리며 대답했다.

"전 B캠이에요."

이선이 한쪽 입 끝을 살짝 올리며 미소짓고는 검둥개 쪽으로 다가갔다. 이선은 검둥개에게 목줄을 매서 문고리에 걸었다.

A캠이 메인이다. 카메라 한 대가 더 필요하다고 판단될 때, 연출자가 손짓을 한다. 다른 장소, 다른 상황, 다른 각도, 혹은 다른 정서적 접근이 필요하다고 생각될 때, B캠은 움직인다. B캠을 통해 배울 것이 많고, 예상치 못한 순간들은 B캠에 잡힐 때가 많다고 선배인 A캠이 그에게 말했었다. B캠을 맡은 오수는 아직 스물다섯, 배울 것이 많다는 말에는 어떤 감동을 가져야 한다고 생각하는 편이었다.

"선생님, 그 얘길 해주시면 좋겠네요. 아끼시는 영화 같은데."

다큐멘터리 감독이 하남에게 간단한 인터뷰를 요청했다. 하남이 미소를 지었다. 스크립터가 메고 있던 작은 가방을 내려놓고 그 안에서 노란 노트를 하나 꺼내들었다.

"솔직하고 싶어요."

하남이 말했다.

"한데 난 항상 연기를 더 잘하니까."

하남이 다시 말했다. 오수가 카메라를 들고 몇 발짝 앞으로 나갔다. 연출자가 오수를 향해 고개를 저으며 손을 흔들었다. 그들이 미리 정해둔 원칙들과 예상해둔 변수들이 있었다. 있는 그대로는 좋을 수도 있지만 나쁠 수도 있다. 카메라 두 대는 많을 수도 있고, 적을 수도 있다. 대상을 편하게 해주고, 진심을 다한다. 각자의 생각과 거리는 유지한다.

"긴 얘길 짧게 하자면."

하남이 웃었다.

"콜라 광고 찍을 때가 내 전성기였다고들 해요. 텔레비전에도, 극장에도, 길거리 담벼락에도, 기념품 책갈피에도 내 얼굴이 있었어요. 어느 각도에서 잡아도 얼굴 클로즈업은 근사했다고. 속은 다 곪아 있었지만. 여자 문제로 속을 썩었어요. 아마 속을 썩지 않으면 살아 있는 것 같다고 느껴지지를 않나보지. 저 체크무늬 셔츠를 입고 영활 찍을 때 주연 여배우랑 조연 하나가 사귀고 있었다고. 그 둘이 중간에 잠깐 도망을 쳤어요. 내가 도왔지. 내가 중간에서 도왔어. 알리바이도 만들어주고. 그러니 영화는 엉망이었는데, 그래도 몇 장면이 굉장히 슬펐어. 다시 볼 수 없게 돼서 안타까워요. 그게 답니다."

하남이 이선을 향해 돌아섰다. 이선이 다가가 그의 머리칼을 만지작거렸다.

"웃겼어."

이선이 배시시 웃으며 말했다.

다큐멘터리 팀원들은 조용히 미소를 주고받는 이 부부를 촬영했다. 그들은 집 안의 이곳저곳을 스케치하고는 이날의 촬영분을 적당히 마무리했다.

하남은 최근에 연애물의 주연을 맡았다. 상대역은 이십대 신인 연기자였다. 캐스팅에 하남의 실제 연애사가 반영됐을지도 몰랐다. 아니면 실제 연애사가 시나리오작가에게 영감을 주었을지도 몰랐다. 이도 저도 아닌 경우라도, 노이즈 마케팅거리는 건질 수 있을지 몰랐다. 하남과 이선. 둘 다 외자 이름인 이 부부는 결혼으로 방점을 찍은 자기들의 스캔들을 호들갑스럽지 않게 즐기고 있었다. 그 집의 검둥개는 일종의 말없는 조연이었다. 흘러간 사랑 노래를 부를 때 먼 배경으로부터 꼬리를 치며 달려오는 목가풍의 상징. 그러나 사실은 달랐다. 언제나 사실들은 상상 이상이다.

## 3

하남과 이선이 첫 섹스를 한 건 일 년 전, 하남의 검은색 구형 세단 안에서였다. 그날 낮에 이선은 분장실에서 하남의 메이크업을 손봐줬다. 하남처럼 까다로운 남자의 분장을 이선에게 떠맡긴 여자 선배는 그녀를 좋아하지 않았다. 하지만 재주를 특별히 아끼기 때문에 일종의 도전이 될 일을 맡기겠다고, 그녀 앞에서 폼을 잡고 그렇게 말했다.

그날 하남의 컨디션은 좋지 않았다. 그는 매니저 없이 스케줄을 혼자 챙겼다. 제작부원들이 그를 위해 타이레놀과 훼스탈을 찾으러 돌아다니거나 그걸 사러 약국에 다녀오는 일이 두어 번 정도 생겼다. 하남은 몸은 불었지만 얼굴 생김새는 아직 괜찮았고, 발성은 대단히 좋았다. 목소리만 듣고도 반하는 젊은 여자 팬들이 아직 있었다. 연기에 관한 모든 일들에는, 아주 작은 것에조차 신경을 곤두세웠다. 그가 여기까지 커리어를 이어온 이유들이 거기 있었을 테지만, 사람들은 종종 그를 좀 버거워했다.

이선은 그 방면의 프로는 확실히 아니었다. 장점이 몇 가지 있긴 했지만, 다 유별난 것들이라 내세울 만한 것은 아니었다. 그녀는 일방적으로 이렇게 하라든가 저렇게 하라든가 말이 많은 연기자들이나 스태프들, 감독들하고는 잘 지내지 못했다. 그런 사람들 앞에서 그녀는 값싼 시급을 받는 일꾼처럼 굴었고, 그 때문에 자연히 일을 못했다. 그녀의 유별난 재주는 곤란한 상황에서 발휘되었다. 이를테면 어떤 배우가 눈물로 호소해야 하는 기자회견을 준비해야만 할 때, 혹은 겁나는 조건을 단 계약서를 씹어먹을 듯한 표정으로 노려봐야만 할 때, 난감한 배역을 놓고 이미지 변신에 대한 이런 고민과 저런 고민 사이를 오갈 때. 그녀는 대상의 목소리나 제스처, 처한 상황을 놓고 컬러를 매치할 아이디어를 떠올렸다. 어떤 결점을 극적으로 노출하고, 익숙한 장점을 틀어버리는 의외성, 그건 그중에서도 그녀의 전문이라고 할 만했다. 그러나 대개는 그저 예뻐 보이는 캐릭터들을 맡은 배우들의 결점을 감추고 수시로 분첩을 두드려주는 일이 주어졌다.

분장실에서 하남은 이선의 분장에 별 기대도 큰 불만도 없었다. 그녀의 메이크업 가방이 좀 크다는 것과 그녀의 엉덩이도 그만큼 크다는 것, 그건 특별히 신경쓰지 않아도 눈에 들어왔다. 그날 NG가 열네 번 났다. 하남에게 자주 있는 일은 아니었다. 그는 특정한 단어를 자꾸 틀리게 발음했다. 그가 맡은 역할은 중년의 신부였는데, A4용지 절반 분량의 긴 대사 한가운데 '신의 수첩'이란 단어가 있었다. 그는 그것을 잘못 발음하거나 완전히 까먹었다. 간신히, 대사와 표정이 개중 괜찮았던 장면이 오케이컷으로 기록됐다. 그는 탈진한 사람처럼 비척대며 출연자대기실로 들어와 창문을 열어놓고 담배를 한 대 피우려 했다. 그때 이선이 따라들어와 담뱃불을 붙여줬다.

"너무하잖아요."

이선이 말했다.

"미안합니다. 스태프들이 덩달아 고생을 하네요."

하남이 정중한 자세로 말하고는 다시 창밖으로 고개를 뺐다.

"아니, 신이 수첩을 왜 써요. 말도 안 돼, 정말."

이선이 고개를 저으며 말했다.

"내가 지금 좀 혼자 있고 싶은데."

하남이 겸손한 태도로, 그러나 눈에 약간 힘을 주며 말했다.

"제 수첩엔 선생님 이름이 있죠. 신의 수첩엔 아니에요."

이선이 알 듯 모를 듯, 유혹인지 농담인지 모를 말을 했다. 그날 늦은 오후부터 장맛비가 쏟아졌다. 하남이 자기 차에 이선을 태웠다. 하남의 집은 (그 지역 공인중개사의 설명을 빌리자면) 도시에서 가까우면서 또 한편으론 자연과도 가까운 곳이었다. 서울 한복판에서 한 시간 혹은 그보다 이삼십 분 남짓 더 달려가면 그의 전원주택이 나왔는데, 그 전에 한적한 공원을 지나치게 돼 있었다. 귀갓길을 드라이브코스로 즐길 만했다. 그 공원 근처에 차를 세우고 그가 이선의 무릎을 더듬었다.

이선은 급브레이크를 밟는 사람처럼 손에 땀을 쥐고 열을 냈다. 액션영화의 라스트신에 다다라 숨을 헐떡이는 배우처럼. 차창 밖에는 앞을 분간할 수 없을 정도로 엄청난 비가 쏟아지고 있었다. 세상에 중요한 일은 아무것도 없는 것 같은 여름 저물녘이었다. 지난 시간들이 덧없이 창밖에서 서성거리다가 빗물에 씻겨내려갔다.

일이 끝났을 때 이선은 갑자기 깔깔거렸다. 하남은 수줍은 소년처럼 눈을 깜박거리면서 이선을 쳐다봤다. 이선은 불량한 이웃집 누나처럼 하남의 주머니에서 담배 한 대를 꺼내 입에 물었다. 차창을 좀 내리자 빗물이 들이쳐서 그녀의 이마에 땀과 빗방울이 섞였다. 담배 연기가 조금씩 밖으로 빠져나갔다. 모든 게 그토록 단순했다. 신음소리, 폭소, 담배 연기. 하남은 갑자기 젊은 남자처럼 굴었다.

"나랑 같이 살지."

그녀는 대답하지 않았지만, 곧 짐을 챙겨 그의 집으로 들어갔다. 그들은 반년 뒤에 결혼식을 올렸다. 아는 사람 몇몇만 불러모아 치른 조촐한 예식이었다. 그다지 축복된 결혼은 아니었다. 그녀는 뭔가를 저버렸다. 아니면, 그 뭔가가 그녀를 저버렸다. 그녀의 엄마는 결혼식장에 끝까지 나타나지 않았다. 간단한 문자메시지 하나 보내지 않았다. 그녀의 아버지가 쌍둥이 남동생 둘을 데리고 식장에서 결혼서약을 들었다. 이 쌍둥이 남동생들은 이후 따로따로 오토바이를 몰고 하남의 촬영장을 찾아갔다. 징 박힌 바짓단으로 땅바닥을 쓸면서 그 근처를 어슬렁거렸다. 그들은 삶이 전반적으로 재수없다고 믿는 깡패들처럼 굴었다. 그들은 하남에게서 빌려가는 형식으로 돈을 뜯어갔다. 그런 장면들은 종종 하남의 주변 사람들에게 목격되었고, 하남이 곤경에 처했다는 소문이 떠돌았다. 결혼생활은 이제 육 개월째에 접어들었다. 뭔가를 단정짓기에 충분한 것도 같고 애매한 것도 같은 시기였다.

이 육 개월의 첫 달 몇 주 동안 하남의 집에 거의 이틀에 한 번꼴로 전화벨을 울리는 사람이 있었다. 하남의 전처였다. 그녀는 제시카 얘기를 했다. 제시카는 LA에 사는, 하남과 전처 사이에 태어난, 이제 스물다섯 먹은 딸이었다(한국 이름은 경미였다). 제시카가 속을 썩여. 걔가 약을 하는 것 같아. 제시카가 아픈 것 같아. 제시카가 미친 것 같아. 하남과 이선의 신혼 침대에는 주로 하남의 전처와 제시카가 함께 했다. 제시카의 상태가 어떻다는 식의 그 이야기 버전이 두 사람의 체위보다 다양하고 드라마틱했다. 춤추는 제시카, 병든 제시카, 우는 제시카. 하여간 제시카와 그의 전처는 하남과 이선의 결혼생활에 자기들 삶의 상실감을 얹어놓고 그게 이 신혼부부를 질식시킬 수 있는지 없는지 확인하고 싶어했다. 이선은 가끔은 정말 제시카가 궁금해지기도 했다.

"제시카는 좀 어때요?"

이선이 미국으로 전화를 넣기 시작하자 하남은 좀 스트레스를 받았다. 이선이 국제전화요금으로 며칠 사이 팔만원이나 썼다는 걸 알게 된 하남은 이선이 정말 미쳤나보다고 생각했다.

"내가 널 미치게 하니?"

하남이 물었다.

"아니, 좀 진지하게 얘길 했어요."

이선이 대꾸했다.

"네가 내 과거사의 카운슬러로 이 집에 들어왔니?"

하남이 빈정거렸다.

"난 그럴 주제는 못 돼요."

이선이 금세 자학했다. 하여간 이후에는 미국에서 전화가 걸려오는 일이 뚝 끊겼다. 하남은 곧 그 일들을 털어버렸다. 전화가 왔던 것, 갔던 것, 자기가 화냈던 것, 모두 다.

하나가 가면 다른 하나가 온다. 신이 아니더라도, 수첩에 꼭 적지 않아도, 좀 살다보면 알 만한 일들이 벌어지는 때가 있다. 그는 이십대 여자 감독과 오랜 시간 자기가 맡은 캐릭터에 대해 얘기를 나누고 나서 병원으로 차를 몰아가고 있었다. 뒤따라오던 다큐멘터리 팀의 차 운전자는 스크립터였다. 그는 명랑하고 낙천적이었고 길눈이 밝았다. 병원에 도착하자 그들은 생수를 몇 병 샀고, 그중 하나를 하남에게 줬다. 화기애애한 분위기였다. 진료실로 이어지는 복도에서 하남은 갑자기, 그의 뒷모습을 촬영하며 따라붙던 다큐멘터리 팀원들에게 고개를 돌려 그만 돌아가달라고 청했다. 미안한 듯 말하고 있었지만 격식을 차린 변덕이었다. 팀원들은 그의 의사를 존중했다. 하남은 까다로운 프로였다. 소변이 담긴 컵이나 팔뚝에서 혈액을 뽑는 현장까지 촬영할 필요는 없다고 팀원들은 생각했다. 그러나 검진을 마치고 진료실을 빠져나왔을 때, 하남은 자기 예감을 근심했다. 신의 수첩 어느 카테고리엔가 그의 시간이 대롱대롱 매달려 있다. 그는 그래서 그 대사가 어려웠다. '너무하잖아요.' 그의 마음속에서 이선이 했던 말이 떠올랐다.

## 4

그달의 어느 저녁 무렵, 비가 많이 내렸다. 다큐멘터리 팀은 그날 낮에 명륜동의 한 연극무대 소극장을 잠시 빌려서 객석과 무대를 배경으로 하남과 인터뷰를 진행했다. 그의 연기 인생이 거기서 시작됐다. 무대에 불이 켜지기 전, 잠깐의 고요한 암흑에서부터. 그는 천천히 말했다.

"난 운이 좋은 편이었어요."

날씨가 그때까지는 괜찮았다.

하남이 극장을 빠져나와 가까운 주유소에 들러 기름을 채워넣고 있을 때, 후드득 빗방울이 떨어지기 시작했다. 다큐멘터리 팀도 주유를 하러 그곳에 도착했다. 차 문이 열리며 B캠 오수가 하남에게 뛰어왔다. 하남은 차창을 내렸다.

"필요하실 거 같아서요."

오수가 우산을 그에게 건네주려다 멈칫했다. 하남은 이선과 통화하는 중이었다. 그는 고개를 가볍게 흔들어 사양했다. 하남의 차 안에서 나지막이 음악이 흘러나왔다. 기타 연주였다. 오수가 손에 들고 있던 우산을 펼쳐 들었다. 하남이 전화를 끊었다. 하남은 오수가 반쯤 열린 자기 차창 밖에 서서 기타 연주를 듣고 있는 것을 망각했다.

"우린 비 내릴 때 시작했어."

그게 마치 그 기타 연주음악의 가사인 것처럼 하남이 중얼거렸다.

오수는 다큐멘터리 팀의 차로 돌아갔다가 카메라를 방수점퍼로 감싸안고 다시 하남에게 달려왔다. 괜찮다면 비 오는 날 귀가하는 장면을 담고 싶다는 오수의 의견을 팀에서는 받아들였다. 부부가 함께 있는 모습을 촬영할 때, 가끔씩 이선의 표정과 제스처를 잡는 건 오수의 몫이었다. 그 정도의 스케치라면 말려야 할 특별한 이유는 없다고 팀원들은 말했다. 하지만 이 빗길에 하남이 흔쾌히 수락할 리가 없을 것이란 짐작도 그들 모두에게 있었다. 그들은 빙긋이 웃으며 말했다.

"하남만 괜찮다면."

"괜찮으시면요."

오수가 하남을 쳐다보며 조심스럽게 말을 건네고는 대답을 기다렸다. 하남이 잠시 생각을 하는 듯하더니 하품을 하고는 고개를 끄덕였다. 오수가 잰걸음으로 반대편으로 가 조수석에 올라탔다. 오수는 뒤편의 다큐멘터리 팀원들에게 전화를 했다.

"괜찮아요."

이어 하남이 핸들을 돌려 도로 쪽으로 나갔다.

"촬영감독이 될 건가?"

CD가 다음 트랙으로 넘어가는 부분에서 하남이 물었다.

"배우를 잘 이해하는 감독이 되고 싶죠."

그 말을 듣고 하남이 오수 쪽을 돌아보지 않은 채 콧바람을 내며 희미하게 웃었다. 빗줄기가 거세졌다. 와이퍼가 쓱쓱 움직였다. 하남의 옆모습을 오수가 곁눈으로 가만히 바라봤다. 하남의 집이 시야 저만치에 들어왔을 때 차가 쿨렁 물구덩이에 빠졌다 나왔다. 물이 사방으로 튀었다. 오수가 카메라의 녹화 버튼을 눌렀다. 개 짖는 소리가 들렸다. 하남의 집 문이 열리고 이선이 나타났다. 민소매 초록색 원피스에 속이 비치는 흰색 카디건 차림이었다. 검은색 우산은 파라솔처럼 켰다. 부부가 그 우산을 함께 받쳐쓰고 걸어나갔다. 오수는 카메라를 쳐들고 그들을 촬영하며 뒤따라갔다. 검둥개가 빗속에서 겅중겅중 뛰면서 컹컹 짖었다.

"번개!"

이선이 소리치자 개가 짖는 걸 멈추더니 그들을 앞질러 집 안으로 뛰어들어갔다. 그게 그 검둥개의 이름이란 걸 오수는 처음 알아챘다. 빗속의 검은 번개.

오수가 집 안으로 들어섰다. 번개가 그 옆에서 몸을 흔들어댔다. 그는 카메라를 감싸안고 몸을 틀었다. 집 안에는 그 말고도 손님들이 더 있었다. 거실에다 팝콘과 맥주, 땅콩껍질을 흘리며 코미디 프로그램을 보고 있는 젊은 남자들. 이선의 쌍둥이 남동생들이었다. 둘 다 장발이었다. 한쪽은 묶었고, 한쪽은 파마를 해 풀어헤쳤다. 아무도 그들을 오수에게 소개시켜주지 않았다. 하남은 구두를 벗고 곧바로 화장실로 들어갔다. 이선이 커다란 타월을 가져와 오수에게 건네줬다.

"카메라 괜찮아요?"

"괜찮아요."

"자기는 다 젖었네요."

갑자기 그녀의 쌍둥이 남동생들이 깔깔대며 맥주캔을 한 손으로 찌그러뜨렸다. 코미디 프로그램 속의 남녀가 베개를 던졌다 받았다 하며 무대 이쪽저쪽으로 도망다녔다.

"비 좀 지나가면 가요."

이선이 다소 피곤한 얼굴로 말했다. 오수는 화장실 쪽을 쳐다봤다. 하남이 아직 나오지 않고 있었다. 오수는 수건으로 젖은 팔다리를 닦고 안쪽으로 들어섰다. 얌전히 식탁 쪽으로 다가가 이선이 접시들을 정리하는 걸 보면서 오수는 카메라를 매만졌다.

"오늘은 뭘 찍었어요?"

이선이 물었다. 오수가 오늘 찍은 장면들을 이선에게 보여주자 이선이 그걸 보며 웃었다.

"저이가 찍은 에로영화는 봤죠?"

이선이 물었다. 하남이 그의 평생 단 한 번, 잠깐 스치는 단역으로 출연했던 그 에로영화는 당시 흥행기록을 세웠다. 아주 오래전 일이었다. 하남이 새파랗게 젊었을 때. 영화 쪽 경험은 없고 주머니는 비었을 때. 장정란이란 이름의 여배우가 그 영화의 주연, 술집 호스티스 역을 맡았다. 그녀가 거리와 술집과 안방에서 다섯 명의 남자와 정사를 벌이는 게 내용의 전부였다. 실제 섹스인지, 연기인지에 대한 가십이 그해 스포츠신문의 톱을 장식했다. 출연진 거의가 잊혀지고 하남만이 스타가 됐다. 그 영화는 이제 하남이 왕년에 잠깐 출연했던 에로영화로 더 유명해졌다. 오수는 자료로 보존돼 있던 스틸 몇 장만을 최근에 접했다. 주연 여배우 유두가 컸다는 인상 정도가 남아 있다. 오수가 비로소 자기 나이의 청년처럼 웃었다. 번개가 다가와 그의 발가락에 코를 대고 냄새를 맡았다.

그제야 화장실에서 나온 하남은 목욕가운을 걸치고 있었다. 비 오는 집 밖의 풍경, 은행나무와 잔디밭, 젖은 초록과 희미한 어둠을, 오수가 테라스에 서서 촬영했다. 그때 거실과 안방의 전화벨이 동시에 울렸다. 하남이 안방으로 들어가고, 벨소리가 그쳤다. 방문 틈으로 전화기를 들고 있는 흰 가운 차림의 하남이 보였다. 그는 침대 끄트머리에 천천히 걸터앉고 있었다.

오수가 이선의 쌍둥이 남동생들 사이로 카메라를 들고 다가갔다. 그가 뭐라 질문을 하기도 전에, 거친 반응이 먼저 왔다.

"야, 저리 치워."

머리를 풀어헤친 쪽이 바닥에 널브러져 있는 채로 오른발을 들고 흔들며 오수에게 저리 가란 시늉을 했다. 오수가 이선 쪽으로 돌아왔다. 이선은 그를 외면하고 가스레인지 쪽으로 갔다. 그녀는 냄비에서 빨갛게 익은 왕새우들을 건져내 접시에 담았다.

창밖에서 빛이 번쩍하더니 집 안의 모든 전원이 나갔다. 텔레비전 소리도 멎었다. 검둥개 번개가 창 쪽을 바라보며 컹컹 짖었다. 이선이 오수의 귀에 대고 속삭였다.

"빌어먹을 동생들은 술이 약해서요."

오수는 카메라의 전원 버튼을 껐다. 이선이 향초 두 개를 진열대에서 꺼내 그걸로 식탁 위를 밝혔다. 쌍둥이들이 하나는 소파에, 하나는 바닥에 드러누운 채로 식탁 쪽을 바라봤다. 머리를 풀어헤친 쪽이 비틀비틀 이선에게로 걸어왔다.

"정말 좋은 사업 아이템이 있다고, 정말."

그는 식탁에 팔을 괴고서 자기가 브래드 피트라고 믿는 중학생처럼 굴었다. 뭘 지껄여도 멋진 사내인 것처럼, 그러나 수염이 어색하게 덜 자란 채로 센 척하는 아이처럼.

"우리 누난 전에 수영선수하고 썸씽이 있었어. 그놈 수영팬티를 내가 아직 갖고 있지."

그러자 머리칼을 묶은 쪽이 소파에 널브러져 깔깔거리며 그 말을 받았다.

"그 새끼 별명이 오리발이었어. 오리발도 재한테 있어."

다시 머리칼을 풀어헤친 쪽이 고개를 푹 수그리고서 주먹으로 식탁을 탁탁 치며 숨이 넘어갈 듯한 웃음소리를 냈다. 그가 탁자를 칠 때마다 껍질이 빨갛게 익은 왕새우들이 접시 위에서 튀어올랐다 내려왔다. 그냥 가만히 있기는 뭐해서 오수는 입을 열었다.

"잘 안됐나봐요."

이선이 국자를 들고 서성이다 시큰둥하게 대답했다.

"내가 물에 빠지니까 도망갔어요."

하남이 방에서 나왔다. 그는 양손으로 젖은 머리칼을 헝클어뜨리면서 식탁 끝에 앉았다. 이선이 그의 어깨에 손을 얹었다.

"정말 좋은 사업 아이템이 있다고요."

머리를 묶은 쪽도 식탁으로 왔다.

"이번에 한 건 하면 매형도 말년이 쫙 핀다고요."

둘이서 주절거리며 식탁 위로 새우껍질을 푸푸 내뱉었다.

"딸애가 약 먹고 병원에 또 실려갔대."

하남이 한숨을 쉬었다.

"에이, 쇼하지 마요!"

쌍둥이들이 식탁 위의 접시들을 팔로 밀쳐내 바닥으로 동댕이쳤다. 오수는 자리에서 일어나 소파 쪽으로 천천히 걸어갔다. 오수는 카메라를 안고 소파에 우두커니 앉았다. 불이 들어왔다. 실내가 환해졌다. 이선이 촛불을 껐다. 모든 게 전보다 더 창백해 보였다. 쌍둥이들이 같은 주정을 반복하다가 머리를 풀어헤친 쪽은 식탁에 코를 박고, 머리를 묶은 쪽은 바닥에 쭈그리고 잠이 들었다.

"이렇게 됐어요."

이선이 하남에게 말했다.

"최고로 나쁘진 않아."

하남이 대꾸했다.

"어때요?"

이선이 물었다.

"그래."

하남이 고개를 가볍게 끄덕였다. 그들은 방으로 들어갔다. 부부는 여행가방 세 개를 수납장에서 끄집어내 지퍼를 열고서 거기에 옷가지들을 담기 시작했다.

## 5

닷새 후에 하남과 이선은 런던으로 떠났다. 런던은 LA도 아니고 서울도 아니며, 하남의 믿을 만한 친구가 거기 있다는 이유에서. 거기서 일이 주를 혹은 반년을 머물지, 그리고 돌아오면 어떻게, 어디부터 들를지 그들은 아무것도 정하지 않았다. 하남은 멜로영화를 포함해, 연말까지 약속된 자기 배역에서 모두 자진하차했다. 예를 갖춘 변덕의 진수를 보여줬다. 그는 말했다.

"한번쯤은 나를 편히 놔주고 싶어 그럽니다."

그는 사람들의 인생에 대해서, 실수와 낙담과 기쁨과 동정심에 대해서 생각하려 했다. 자신의 간장과 위장에 관해서는 이제 와 깊이 생각할 게 따로 없었다. 의사의 소견에 따르면, 그에게는 수술과 결단이 필요했다. 수술대에 오르기 전, 마취 및 수술시 발생할 수 있는 부작용과 위험에 대해서 누적된 데이터가 말하는 것들을 듣게 될 것이다. 하여간 그 삶은 아직은, 젊은 아내와 공항으로 가고 있었다. 영화의 한 장면처럼 좀 낭만적이거나 비장한 음악이 깔리는 일도 없이. 다큐멘터리 팀은 이 장면을 프로젝트의 종결부에 어쨌든 써먹을 계획을 잡았다. B캠은 이 마지막 여정에 투입되지 않았다. 나머지 팀원들이 하남과 이선 부부를 픽업해 공항까지 데려다주면서, 떠나는 그들의 모습을 카메라에 담았다. 하남은 날카롭게 굴지 않았다.

"난 언제나 좋은 패를 잡았어요."

차 안에서 하남이 말했다.

실패와 성공의 확률이 반반인 게임에서 그는 언제나 좋은 패를 잡았다. 이십대에 저질러봤던 이색적인 배역들, 삼십대의 화려한 광고모델, 사십대의 변신을 거듭하는 성격파 배우, 오십대의 끄트머리에서도 멜로물의 주인공이 되는 행운, 몇 편의 잊을 수 없는 연극들과 영화들. 사랑받았다는 기억들만을 생각하겠다고 그는 말했다. 그리고 그는 더 말하지 않았다. 그 외의 생활에서 그다지 좋지 않았던 운에 대해서. 그의 전처는 그와 헤어지며 그의 재산을 절반 이상 챙겨 갔고 제시카도 데려갔다.

"허울좋은 스타랑 사는 게 얼마나 피곤하고 비참한 일인지 알아?"

이것이 전처의 레퍼토리였다. 그 레퍼토리 아래서 제시카도 지긋지긋하다며 진저리를 쳤다. 연예인들의 화목한 가정사가 아침방송 같은 데서 흘러나올 때, 그는 언제나 역겨운 기분이 들었다. 그리고 이선을 받아들이자, 그녀의 문제들이 곧장 그의 집으로 함께 딸려왔다. 코를 흘리지는 않지만, 늘 손수건을 가슴에 대줘야 할 것 같은 그녀의 쌍둥이 남동생들. 불가사의한 건, 이 모든 대책 없는 삶에서 그가 진짜 주인공이 되어 행복해지고 싶다는 꿈을 아직 꾼다는 거였다. 그건 큰 비밀도 아니었지만, 대놓고 말할 수는 없는 그런 게 됐다. 그는 이선의 손을 끌어당겨 자기 가슴께로 가져갔다.

공항에 도착한 뒤 다큐멘터리 팀원들이 이선과 하남의 짐을 차에서 꺼냈다. 하남의 가방은 두 개였고, 이선의 가방은 하나였다. 이선의 가방은 꽤 작았다. 그 가방처럼 조그마해지면서, 부부는 다큐멘터리 팀으로부터 멀어져갔다.

## 6

오수가 찍은 하남의 빗속 귀갓길 장면은 다큐멘터리의 최종 편집본에 정서적인 효과를 주는 장면으로 살아남았다. 그날 오수가 그 집에서 봤던 내용은 따로 팀에 전해진 바 없었다. 이선은 그날 이후 두 번, 오수를 따로 불러내 만났다. 그녀는 오수에게 부부가 집을 비우는 동안 가끔 그 집에 들러 번개를 봐달라고 '친구로서' 부탁했다.

오수는 약속대로 종종 그 집에 갔다. 이선의 쌍둥이 남동생들이 제 집처럼 늘어져서 신나게 술을 푸거나 벽지를 더럽히고 있는 그 집에서 번개는 눈을 끔벅이며 주인들이 돌아올 날을 기다렸다. 오수는 번

개의 밥을 챙기고, 이마를 쓸어주고, 주둥이와 몸통을 씻겼다. 그는 그 일에 약간의 애정을 느꼈다.

오수를 두 번 만나는 사이 이선은 자기 수첩에 대해 얘기했다. 그녀는 자기 삶은 수첩 한두 페이지 정도로 간단히 정리된다고 했다. 1978년 하남이 단 한 번 스치듯 출연한 에로영화는 러닝타임이 팔십 분이었다. 이 팔십 분 동안 주연 여배우와 정사 연기를 펼치게 돼 있던 하남 외 네 명의 남자 조연들 중에 이선의 친아버지가 있었다. 그건 그의 데뷔작이자 은퇴작이 됐다. 이선의 아버지는 이선의 어머니와 삼 년을 살았다. 그 삼 년은 결과적으로 그들 모두를 좀먹은 시간이었다. 이선이 태어나자 이선의 아버지는 마음을 잡고 살기로 다짐과 약속을 거듭했지만, 얼마 안 가 어느 거리에서 택시를 잡아타고 사라졌다. 이후 이선의 어머니는 한 의류매장 직원과 결혼했다. 그는 매장과 창고의 사정에 관해 속속들이 알고 있어야 한다는 강박관념을 갖고 일하던 키가 작은 남자였다. 이선은 그 성실한 매장 직원의 착실한 첫딸 역할을 해냈다. 문제를 일으킨 적은 없었지만, 사춘기 때 친아버지가 출연했다는 우스꽝스러운 에로영화를 진지한 표정으로 열네 번 돌려 봤다. 처음에는 누가 친아버지인지 궁금했다. 알게 됐을 때는 시들했고, 좀 지나서는 아무래도 상관없었다. 그녀는 우연히 비명을 지르며 태어났다. 그건 어쩔 수 없는 사실이었다. 이선의 의붓아버지는 쌍둥이 아들을 본 뒤에도 이선에게 나름 최선을 다했다. 머리칼이 다 빠져 벗어져가는 의붓아버지의 뒤통수를 바라보는 일은 때로 가슴 아픈 행운 같았다.

"비가 퍼붓는 날이었어. 그때 난 면허가 없었는데, 중간에 자리를 바꿔 앉아 그이 차를 내가 운전했어. 그인 조수석에서 졸고 있더라. 그날 첨 본 사이인데도 날 믿는 거 같더라고. 그래서 우리가 인연인지 알고 싶었어. 집 근처에 다다랐는데, 핸들을 꺾어 담벼락을 치받아볼 수도 있겠더라. 벼락이 떨어지면 머리에 불이 붙을 수도 있었겠지. 근데 개가 튀어나와 짖어대는 바람에 그이가 잠에서 깼어. 개 이름이 번개라고 해서, 핸들을 놓고 한참 웃었어."

우연을 운명으로 바꿔 꿰는 것, 그건 그녀의 진짜 재주였다. 마치 이유 없이 전체를 건 질문 같았다.

비행기가 이륙하기 전, 오수는 이선에게 전화를 걸었다. 마침 아직 휴대폰의 전원이 켜져 있는 상태여서 이선은 전화를 받을 수 있었다. 하남은 안전벨트를 매는 동안 옆자리에서 이선이 휴대폰에 대고 "난 어떤 에너지를 믿어"라고 대꾸하는 것을 들었다. 오수는 공항에서 막 돌아온 팀원들과 어느 카페 앞에 서 있었다. 팀원들은 그가 휴대폰에 대고 뭔가를 애써 묻고 있다는 걸 알아챘지만, 그게 누구를 향한 무엇인지, 대답이 어디서부터 오는 건지 알지 못했다.

# 제니

내 사촌 제니는 지난 일요일 과도로 자기 심장을 도려내 안나에게 주려고 했다. 일은 간단치 않았다. 제니는 가슴을 후벼팠고, 하얀 브래지어는 피로 물들었다.

안나는 제니의 엄마다. 이름을 영어 발음대로 짓는 것은 집안 내력은 아니다. 하여튼 안나는 열아홉에 딸을 낳았고 이름을 제니라고 지었다. 안나는 열일곱 여름부터 죽어라고 남자고등학교 축구부 주장 용식이를 따라다녔다. 용식이는 안나가 싫지 않았지만, 그렇다고 사랑에 빠졌던 것은 아니었기에 임신한 안나와 헤어질 때 이렇게 말했다.

"나는 너보다는 축구를 사랑해."

임신한 안나보다 축구를 사랑한 용식이는 축구 빼고 다른 것은 영 젬병이었다. 그런데 딱히 축구로 스카우트되거나 대학에 들어갈 만한 실력이 되는 것도 아니어서 종종 거리를 방황했다. 그는 용케 부랑자

생활을 면하고 어떤 조직에 들어갔다고 한다. 조직이라면 여러 가지가 있겠으나 그는 주로 칼을 휘두르며 사람들에게 으름장을 놓거나 피를 보아야만 하는 그런 조직에 들어갔다. 이런 이유로 사람들은 제니가 칼과 피로 제 엄마를 놀라게 한 데 몸서리치며 모든 것은 '유전' 때문이라고들 말했다.

## 1. 화요일, 개구리 가습기

제니는 허벅지가 드러나는 유니폼을 입고 윤기나는 긴 머리칼을 늘어뜨린 채 대형할인마트에서 '1+1 샴푸'를 팔고 있었다. 찰랑거리는 머릿결과 긴 다리는 용식이가 제니에게 물려준 전부였다. 제니는 같은 시각 미용실 한구석에서 중화제 거품을 뒤집어쓰고 앉아 있던 안나에게 전화를 걸어 집에서 가스 불을 끄고 나왔는지 물었다. 켜놓은 가스 불, 물 새는 수도꼭지, 반쯤 잠긴 현관문, 이런 것들이 제니가 눈뜨고 꾸는 악몽들이었다. 안나는 하품 섞인 목소리로 점심 무렵 짜장면을 시켜먹었기 때문에 가스레인지에 불을 켠 일조차 없다고 말했고, 제니는 알았다고 대답하고 전화를 끊었다. 그리고 제니는 곧장 나에게 전화를 걸어왔다. 제니는 갑자기 용식이 얘기를 꺼냈다. 제니는 겨우 빛바랜 사진 속에서 반바지 허리춤에 왼손을 집어넣고 사타구니를 긁적이고 있는 열일곱 시절의 용식이 모습을 보았을 뿐이다. 그런데도 제니는 그저 막연히 스무 살 무렵의 용식이가 칼을 품고 다녔다는 얘기를 누군가에게 주워듣고는 안심이 됐다는 말을 꺼냈다. 제니는 자기도 유니폼 안쪽에 칼을 넣고 다닐 수 있다면 좋겠다고 했다. 그러면 마트의 오대리가 집적대지 않을 것이고, 발이 아플 때 굽높이 운동화 뒤축을 살짝 찢어볼 수도 있을 것이라고 했다. 할 만한 대답이 별로 없어서, 나는 일이 끝나면 우리집으로 저녁을 먹으러 오라고 했다.

제니는 저녁 무렵 우리집에 왔다. 나는 불고기를 만들었다. 제니는 채식주의자인데 근래 기력이 달려 가끔 고기를 찾아 먹고 있었다. 제니는 이상하게 그날 축구선수처럼 땀을 많이 흘렸다.

제니는 자기가 가져온 커다란 비닐 쇼핑백의 매듭을 풀고 개구리 모양의 가습기를 꺼내 보여주며 감기가 든 것 같다고, 집이 너무 건조하다고, 개구리 모양은 유머러스하다고 말했다. 우리는 식후에 시원한 사이다를 한 잔씩 마시며 낱말맞추기 프로그램을 보았다. 살짝 열어놓은 베란다 문으로 아카시아 향내가 스며들었다. 제니는 선잠이 들었다가 밤 열한시가 다 되어서야 집으로 돌아갔다.

제니가 집에 들어섰을 때 안나는 윗옷을 다섯 개쯤은 껴입고 선 채로 울상을 짓고 있었다. 안나는 상의를 하나씩 벗어 바닥에 집어던지며, '새로 파마를 했는데 어울리는 옷이 마땅치 않다'는 말을 했다. 여기저기 널려 있는 옷상자들 사이사이 옷가지들이 바닥에 아무렇게나 널브러져 있었다. 제니는 안나와 밤새 옷 정리를 했다. 옷상자들을 뒤집어 옷을 모두 쏟아내고 다시 개넣고, 또다시 박스를 뒤집고 옷을 접어넣고 하며 시간을 흘려보냈다(안나는 그 무렵의 제니가 무언가 못마땅한지 혼자 속으로 꿍하고 있어서 제 성질에 겨워 땀을 뻘뻘 흘리며 그 일을 했다고 했다). 새벽 네시경이 되어서야 안나와 제니는 한 침대에 드러누웠다. 안나의 파마약 냄새는 지독했고, 제니의 열은 높왔고, 개구리 모양의 가습기는 계속해서 수증기를 뿜어냈다. 제니는 추리닝을 벗고 알몸으로 바닥에 내려와 누웠다. 개구리가 뿜어내는 수증기가 제니의 열 오른 얼굴로 내려왔다. 제니는 몸을 돌려 이번에는 개구리의 벌어진 입에다가 부어오른 발을 갖다댔다. 제니는 개구리 입속에다 발가락 몇 개를 넣은 채 자신의 스무 살을 떠올렸다. 제니는 스무 살 때 안나와 옷을 같이 입었다. 당시 불혹을 앞두고 있던 안나는 제니와 같은 치수의 옷을 입는다는 사실을 친구들에게 드러내놓고 자랑했다. 안나의 친구들은 남편들이 있었지만 안나는 남편이 없었다. 대신에 그들이 감탄할 만한 몸매를 유지하고 있었다. 제니는 자기도 모르게 안나의 친구들 앞에서 옷을 나누어 입는 모녀가 진짜 다정한 모녀인 것처럼 행동하기 시작했다. 그러자 안나는 입을 가리고 자신의 행복을 겸손하게 감추려는 귀부인처럼 호호 웃었다.

제니는 젖은 발로 자리에서 일어섰다. 그리고 잠이 든 안나의 얼굴을 들여다보았다. 안나의 머리칼 물결은 탄력이 있었지만, 볼은 늘어지고 입은 벌어져 있었다. 제니는 안나에게 새 옷을 사주고 가끔씩 자기가 꼭 필요한 때만 그 옷을 빌려 입으면 문제가 해결될 거라고 생각하고 잠자리에 들려 했다. 그런데 갑작스레 다른 문제들이 한꺼번에 떠올라 목을 조르기 시작했다. 제니는 발가벗은 채 어두운 집 안 벽을 더듬더듬 타고 돌면서 가스밸브와 현관문과 수도꼭지가 잠겼는지를 확인했다. 집 안에서 그 순간 입을 벌리고 있어도 무방한 것은 수증기를 내뿜는 유머러스한 개구리뿐이었다.

## 2. 수요일, 의미 있는 러닝머신

제니의 엄마 안나와 나의 엄마 홍희는 나이 차이가 일곱 살이나 나는 사이가 안 좋은 자매였다. 안나는 학처럼 고고했고 홍희는 야생마처럼 거칠었다. 열 살 때 안나는 빈혈을 앓는 이십대 처녀처럼 걸핏하면 잘 쓰러졌지만, 열일곱 살 홍희는 빈약한 젖가슴으로 말처럼 뛰어다녔다. 안나는 항상 손수건을 들고 다니며 이마의 땀을 찍어냈고, 홍희는 작은 주머니에 모래를 채워 허리에 차고 다녔다. 홍희는 한쪽 눈이 찌부러져 있었다. 그 모양새가 이상해서 놀리는 사람들이 있으면, 홍희는 튼튼한 다리로 도망치거나 모래 한 줌을 상대의 얼굴에 던졌다.

홍희는 찌부러진 눈을 고쳐보려고 했지만 수술 시기를 놓쳤다. 그리고 상심을 달래려 들른 정신과 상담실에서 마음 여린 초보 의사를 만나 결혼했다. 한쪽 눈이 찌부러진 홍희는 거의 본능적으로 인간의 외양이 말해주지 못하는 다른 미묘한 것들을 보았다. 내 아버지 석주는 정신과 의사였는데, 그 자신도 오이디푸스처럼 자기 어머니를 극복하지 못했다. 그때 한쪽 눈이 찌부러진 홍희가 나타나서 껌을 질겅거리며 '당신도 문제가 많은 인간일 뿐'이라고 지껄였다. 석주와 홍희는 자신들의 우울을 반씩 버무려내듯 나를 낳고 길렀다. 나는 자라면서 홍희처럼 뛰어다니다가 우울의 덫에 걸려 넘어지곤 했고, 그때마다 '나는 문제가 있고, 인간들은 죄다 어느 정도는 문제적이다'라는 식으로 자가 치유를 시도하곤 했다. 홍희와 석주가 술을 마시고 고속도로를 달리다가 생선 냉동고를 실은 트럭과 충돌해 죽었을 때, 나는 스물여덟이나 먹은 성인이었다. 대놓고 슬퍼할 수가 없었다. 헬스클럽 트레이너로 일하는 내 전남편은 내게 적당량의 운동과 비타민 섭취를 권했다. 그건 도움이 못 되었다. 육 개월 할부로 육백구십만원짜리 러닝머신을 들여놓았지만 당최 쓸모가 없었다. 나는 폭식하기 시작했다. 패밀리레스토랑에서 돼지 바비큐를 입속으로 처넣고 있는데, 저만치서 제니와 안나가 식사를 마치고 입을 닦는 모양이 보였다. 나는 아주 신경질적인 태도로 고꾸라질 듯 튀어나가 이렇게 지랄했다.

"다 필요 없어. 다 필요 없어."

뭐가 다 필요 없다는 건지 도무지 갈피를 잡을 수 없는 말이었지만, 제니는 바로 뭔가를 알아들었다. 제니는 말했다.

"우리 동네 들러 가, 언니."

제니는 '우리집'이라고 하지 않고 '우리 동네'라고 말했다. 나는 제니를 잘 모르는 것과 마찬가지로 제니가 사는 변두리 골목길도 잘 몰랐다. 어긋난 삶, 어긋난 시간, 무례하고 갑작스런 불평 속에서 우리는 공평해졌다. 나는 제니와 안나가 앉아 있는 테이블에 쭈그리고 앉아 울었다. 그후 나는 제니네 집에 두어 번 찾아갔고, 제니는 내 집에 마흔다섯 번쯤은 찾아왔다. 제니는 가끔 러닝머신 위를 달렸다.

안나는 나한테 서먹한 시누이처럼 굴었지만, 제니는 나를 종종 큰어머니나 카운슬러처럼 대했다. 용식이 얘기, 안나 얘기를 늘어놓는 제니에게 나는 이렇게 물었다.

"넌 애인이 없니?"

제니는 있다고 했다. 다섯번째 사귀는 남자라고 했다. 어쩌면 결혼을 할 수도 있지만, 어쩌면 안 할 수도 있다고 했고, 삼 년째 보아온 사이라 긴장감은 없다고 했고, 빌딩 보안요원이라고 했고, 어머니와 아버지가 개신교 신자라고 했고, 그 집의 깍두기는 맛있다는 얘기를 했다. 제니는 어느 날은 그 모든 게 다 중요하다고, 또 어느 날은 그 모든 게 다 무의미하다고 말했다. 우리는 가끔씩 말없이 야외로 나가 밥을 사 먹었다. 우리는 둘 다 술을 못했다.

수요일에 제니는 아파서 일을 못 나갔다. 안나는 제니에게 죽을 끓여주었다. 죽은 별맛이 없었지만 제니는 약을 먹기 위해 죽을 몇 술 떴다. 안나는 친구들과 제주도에 가고 싶다고 했다. 제니는 그러라고 했다. 안나는 여행가방과 챙 넓은 모자를 사야겠다고 했다. 제니는 그러라고 했다. 그리고 약을 먹고 다시 잠이 들었다.

나는 제니가 자기 바람대로 허벅지가 가려지는 유니폼을 입고 일할 수 있는 자리가 있을까 해서 대학 선배에게 전화를 넣었다. 선배는 패션잡화 회사의 지사 고객센터에 제니를 넣어줄 수 있을지도 모른다고 했다. 그러나 한두 달 정도 대기해야 자리가 날 것 같다고 했다. 나는 제니에게 전화를 걸어 한두 달 후에 선배를 소개시켜주기로 했다. 제니는 고마워했다. 완두를 넣은 죽은 맛이 없다고, 꿈에 수염이 난 여고생에게 따귀를 맞았다고 했다. 그렇게 인과관계 없는 사실과 꿈 사이, 또는 그렇게 단절된 무의식과 무의식 사이에서 제니는 기침을 해댔다.

전화를 끊고 나서, 나는 제니가 수염이 달린 여고생한테 맞는 장면에 관해 생각해보았다. 그리고 다시 제니에게 전화를 걸어 감기가 더 심해지기 전에 병원에 가서 주사라도 맞으라고 했다. 수염 달린 여고생을 너도 때려줬어야 한다고도 했다. 제니는 사실 자기는 꿈에 경찰을 찾아갔는데 경찰도 경찰서보다는 병원으로 가보라고 했다며 전화를 끊었다. 나는 후회가 됐다. 제니를 패밀리레스토랑에서 만났을 때 알은체한 것이 후회가 된 것인지, 제니의 꿈에 대해 아는 척한 게 후회가 된 것인지, 뭐가 뭔지 모르는 채 후회스러웠다.

나는 오랜만에 러닝머신 위에서 뛰었다. 밤에는 동창들과 와인 바에 갔다. 대화가 조기교육과 유가 상승 문제에서 주식 상한가로 옮아갈 즈음 자리를 털고 일어섰는데, 남자 동창 하나가 운전사 역할을 자처하며 집까지 따라왔다. 나는 도수 높은 안경을 쓰고 턱에서 초콜릿 냄새를 풍기는 그 동창과 잤다. 그리고 다음날 아침 그가 러닝머신 위에서 뛰고 있는 모습을 보고는, 미친년처럼 화를 냈다. 나는 사랑하지 않는 사람과 잠을 잘 수는 있지만 러닝머신을 같이 쓰진 않는다고 지랄을 떨었다. 러닝머신은 갑자기 중요한 물건이 되었다. 나는 이상한 안도감을 느꼈다.

### 3. 목요일, 신통력

목요일은 제니와 연락을 못했다. 나는 오후 내내 인터넷 쇼핑몰의 음반 코너에 신보 소개글을 썼다. 독창적이지 않은 앨범에다 독창적이지 않은 소개글을 쓰는 일이 나의 직업이다. 그런데도 쓰는 동안은 예민해져서 대단한 예술가처럼 군다. 나는 온종일 아무하고도 연락하지 않았다.

제니는 그 시각에 역시 자기 자리에서 '1+1 샴푸'를 마저 팔았다.

그날은 제니가 수당을 받는 날이었기 때문에, 아마 제니는 저녁 무렵에는 멀티플렉스에서 영화를 봤을 것이다. 애인과 호러영화를 보았으리라 생각된다. 두 사람은 호러영화 동호회에서 만났고, 신작 호러영화는 다 찾아 보는 편이었다. 안나가 제주도 관광, 챙 넓은 모자, 이십대 패션 같은 데서 자존감을 느끼는 데 반해 이런 것들에 대한 제니의 만족도는 아주 낮은 편이었다. 제니와 남자는 삼 년 동안 총 열일곱 번을 싸웠는데, 그중 열한 번의 싸움은 최근 두 달 새에 일어났고, 이날이 바로 열일곱번째 싸움을 한 날이었다.

남자는 제니가 잇몸을 드러내고 웃는 게 싫다고 했다. 제니는 치아가 작아서 웃을 때 잇몸이 많이 드러났다. 그러나 입을 다물고 있는 편보다는 웃는 편이 누가 봐도 나았다. 침을 뱉을 수 없게 만드는, 잇몸을 드러낸 무구한 웃음 때문에 남자는 제니한테 반했다고 고백한 적 있었다. 그래서 제니는 이제 이별의 시점이 왔다는 것을 받아들였다. 수염 난 여고생에게 맞았을 때처럼 제니는 자기가 서 있어야 할 곳이 병원의 입구라는 것을 알아챘다. 제니는 큰어머니로서의 나, 카운슬러로서의 나에게 달려와 자기의 감정을 정리해보고 싶었을 것이다. 그러나 나는 독창적이지 않은 앨범에다 독창적이지 않은 소개글을 쓰는 일 때문에 예술가적인 신경증에 시달리고 있던 참이라 전화를 받을 수 없었다. 제니는 그날 밤 약국에서 박하향이 나는 치실을 샀다. 제니는 자기 잇몸이 그렇게 모욕당할 만한 이유가 없다고 생각했다. 그래서 박하향이 나는 치실로 치아 사이사이를 훑어내고 잇몸의 건강을 챙겼다. 제니는 조금 울었을지도 모른다. 그렇지만 나는 제니의 마음이 그녀의 발과 다리와 어깨결림보다 더 심하게 아팠는지에 대해서는 자신할 수가 없다. 안나가 제니의 옷을 입고, 새로 산 챙 넓은 모자를 쓴 채 제니 앞에서 워킹을 선보였을 때 제니에게 가장 심각했던 감정의 문제가 무엇이었는지도 자신할 수가 없다. 제니는 인터넷으로 안나의 항공권을 구매하고 난 후 개구리 가습기 아래에 쭈그리고 앉았다. 그리고 잇몸을 드러낸 그 특유의 웃음을 안나에게 지어 보이며 이런 농담을 했다고 한다. 계곡에서 참선하는 산신령처럼, 개구리가 쏟아내는 수증기를 온 얼굴로 받아내며, "하아아, 나, 신선 된다아아……"

그게 내가 모르던 목요일의 일이었다.

### 4. 금요일, 금요일에 제니가 만난 사람들

금요일에 나는 전남편과 쇼핑을 했다. 쇼핑할 때만큼은 우리는 손발이 척척 잘 맞았다. 내가 컴퓨터 모니터 보안기나 냉장고 탈취제를 고르는 데 조언을 주면, 그는 새로 나온 운동화 전용 세척제나 리모컨용 건전지 세트를 챙겨줬다. 전남편에게는 새로운 애인이 생겼다. 나보다 여섯 살이나 어린 여대생이다. 전남편이 일하는 헬스클럽에 다니는데, 백오십육 센티미터에 오십팔 킬로그램이 나간다고 한다.

전남편과는 세일중인 캘리포니아산 오렌지를 여섯 개씩 나눠 장바구니에 담아넣고 헤어졌다. 헤어지기 전에 차 한잔할 정도의 시간은 있었지만, 그게 쇼핑의 즐거움에 시큼털털한 여운을 줄까봐 시간에 쫓기는 척했다. 나는 장바구니를 들고 내 흰색 소나타에 올랐다. 전남편은 인라인스케이트를 타고 멀어졌다.

나는 차에 올라 제니에게 전화를 걸었다. 제니는 전화를 받지 않았다. 제니는 그 시각에 다른 사람들을 만나고 있었다. 제니가 금요일에 만난 사람들은 단편영화를 찍는 사람들이었다. 제니가 횡단보도를 걷고 있는데, 누군가 제니를 불러 세워 잠시 시간을 내줄 수 없느냐고 물어왔다. 오기로 한 연기자가 약속을 펑크내서 대역이 필요하다는 것이었다. 제니는 연기 경력이 없었다. 연기자에 대한 동경도 없었다. 돈이 안 되는 일에 시간을 투자할 형편은 전혀 안 되었다. 그런데도 제니는 무슨 이유에서인지 그들이 시키는 대로 카메라 앞에 섰다.

제니는 총 세 장면에 등장했다. 개를 쓰다듬는 여자, 담벼락에 기대서 우는 여자, 노래하면서 멀어지는 여자.

제니는 담벼락에 기대 우는 장면을 제일 어려워했다. 울다가 웃고 울다가 웃고 하느라 NG가 여러 번 났다. 스태프들은 파이팅을 외치며 제니를 격려해주었다. 그들은 내일 추격 장면과 패싸움 장면 촬영이 남아 있다고, 혹 시간이 난다면 구경하러 오라고 하면서 전화번호를 알려주었다.

제니는 그날 집에 돌아와서 내게 전화를 걸었다. 제니는 나보고 자기 집에 와줄 수 없느냐고 했다. 나는 낮에 산 야채가 소나타 뒷좌석에서 시들고 있어서 곤란하다고 했다(나는 그 시각까지 드라이브를 즐기고 있었다).

제니는 단편영화에 출연한 이야기와 빌딩 보안요원 애인과 헤어진 이야기를 들려주었다. 나는 낮에 전남편과 쇼핑을 했다는 얘기를 했다.

"헤어지면 그걸로 끝장인 사람들도 있는데."

제니는 말했다. 갑자기 문이 열리는 소리와 함께 안나의 목소리가 들려왔다. 안나는 제니에게 뭐라고 핀잔을 주더니 들쥐라도 발견한 것처럼 악악 비명을 질렀다. 제니는 서둘러 전화를 끊었다.

제니는 그날 밤 안나와 심하게 다퉜다. 안나는 제니에게 빌어먹을 년이라고 고함을 쳤다. 제니는 안나에게 그만 좀 징징거리라고 했다. 안나는 제니의 뺨을 쳤다. 안나는 '내 일생이 꼬인 것은 네년 때문'이라고 욕을 했다. 제니는 낮에 있었던 단편영화 촬영 얘기를 하기 시작했다. 안나는 진정할 기미를 보였다. 안나는 제니가 '1+1 샴푸'일을 그만둔 것을 다 들었다고, 너한테 다른 가망은 별로 없는 것이냐고, 아니면 앞으로 배우가 될 거냐고 물었다. 제니는 대답을 하지 못했다. 안나는 자기는 남편 복도 없고 자식 복도 없다고 했다. 서른 살 무렵 제니를 버리고 새로 시집을 갔으면 좋았을 것이라고도 했다. 제니는 안나에게 대들었다. 안나는 자기 집에서 나가라고 소리쳤다. 제니는 한동안 서 있다가 냉장고를 열어 꽁치를 꺼냈다. 꽁치를 굽고, 두부를 삶고, 콩과 등 푸른 생선이 건강에 좋다는 얘기를 하면서 늦은 저녁 식탁을 차렸다. 안나는 텔레비전을 틀고 볼륨을 키웠다. 어떤 청년들이 어렸을 때 자기를 버렸던 어머니를 수소문해 찾는 프로그램이었다. 안나는 눈물을 흘렸다. 제니는 낮에 만난 사람들에 관해 이야기했다. 제니는 그들이 누구인지 자세히 몰랐고, 대화도 많이 못 나눠보았지만, 되도록이면 그들 얘기를 하려고 애썼다. 그들이 유쾌해 보이고, 정열적인 사람들이라고 이야기했고, 다음 촬영 때 자기에게도 꼭 오라고 말하더라고 반복했다. 그들이 자기의 긴 다리와 머리칼에서 시선을 떼지 않았다고 말하면서, 그게 어떤 암시라도 되는 양 고개도 주억거렸다. 금요일에 제니가 만난 사람들은 제니에게 운명적인 사람들이 되었다. 안나에게도 운명적인 사람들이 되었다. 안나는 제니가 다음 촬영에 나선다면 스태프들을 위해 김밥을 싸가겠다고 했다. 제니는 그러자고 했다. 금요일은 신인 연기자 제니의 토크쇼 같은 날이었다.

## 5. 토요일, 모녀 기타

제니와 안나는 주방에서 김밥을 쌌다. 제니는 내 얘기를 꺼냈다. 내가 전남편과 쇼핑도 다닌다는 얘기를 듣고 안나는 그건 정말 미친 짓이라고 했다. 안나는 내 엄마 홍희 얘기를 했다. 정말 독한 여자였고, 그래서 의사를 꿰찼다고 했다. 소풍 가서 보물찾기를 해도 꼭 두 개 이상은 찾아냈다고 했다. 제니는 웃음을 터뜨렸다. 안나도 덩달아 웃었다. 제니는 내가 가끔 밥을 사고 얘기를 들어주거나 조언을 해준다고 했고, 안나는 그냥 입꼬리를 내리며 어깨를 으쓱했다. 안나는 내가 우엉을 많이 넣은 김밥을 좋아할지 잘 모르겠다며 싸는 김에 내 몫까지 쌌다. 그러나 곧 제주도 여행을 같이 가기로 한 안나의 친구들이 집으로 찾아왔고, 우엉이 많이 든 김밥은 그들의 점심식사가 됐다. 제니는 촬영 스태프가 준 전화번호로 전화를 거는 시늉을 하다가 그대로 집에서 나왔다. 제니는 내 집에 와서 러닝머신 위를 뛰다 갔다. 나는 청소기를 돌리느라 제니가 돌아간 것을 눈치채지 못했다.

제니는 밤에 안나와 기타를 치며 노래했다. 주로 옛날 사랑 노래들을 불렀다. 나는 제니가 꿈꾸는 행복이 무엇이었을까 생각해보았다. 그건 아마 이런 모양새일지 모른다. 제니가 여고생 교복을 입고 있고 안나가 그 옆에서 기타를 튕기며 노래를 부른다. 노래가 끝나면 안나가 제니를 보며 '난 네가 수염이 없어도 예쁘단다. 수염 달린 다른 여고생들보다 훨씬 자랑스럽단다'라고 말한다. 그럼 제니는 그 교복을 안나와 나눠 입고 축구부를 응원하러 함께 나선다. 용식이가 마침 거기 없어도 좋다. 모녀는 빈 골대를 바라보며 노을 아래서 사랑의 노래를 부른다.

그러나 사실은 이렇다. 제니는 기타를 튕기며 노래할 때 심드렁한 표정이었다. 마침 안나가 즐겨 보는 연속극이 시작되어 안나는 텔레비전 앞에 앉았고, 제니는 문단속을 하고 가스 불을 확인한 뒤 잠이 들었다. 그 시각에 내가 무엇을 하고 있었는가 생각해보았지만 생각나지 않았다. 아마 운동화 세척제 사용법을 읽고 있었는지도 모른다.

## 6. 일요일, 심장

일요일에 제니는 안나와 집 안 대청소를 했다. 창문을 열어 환기를 시키고, 화장실 바닥을 락스로 닦고, 화분 받침들을 씻고, 화초에 물을 주고, 걸레를 빨아 창틀을 닦았다. 안나는 욕을 하며 청소를 하다가, 청소가 끝나면 음악을 들으며 차를 마시는 습관이 있었다. 제니는 안나가 허공에 대고 '이놈의 집구석'을 욕하는 동안 쓰레기를 버리러 밖으로 나갔다가 돌아왔다. 그리고 안나가 음악을 들으며 차를 마실 때 인터넷 계좌조회로 잔금을 확인하고는 호러영화 동호회의 게시판을 둘러보았다.

헤어진 애인이 제니에게 보내온 쪽지가 떴지만 제니는 클릭해보지 않았다. 제니는 웹 사이트를 돌아다니며 새로운 정보들을 수집했다. 패션잡화 브랜드의 최근 동향, 고객 응대법과 센터의 불만 접수 사항, 거래를 성사시키는 기분좋은 화술과 미소 등을 꼼꼼히 읽어보고 난 뒤 컴퓨터 바탕화면에 '제니'라는 파일을 만들어 정보들을 저장했다.

제니는 '단편영화'라는 검색어로 금요일에 만난 사람들에 관한 정보들도 찾아보려고 하다가 두통을 느끼고 그만뒀다. 제니는 안나가 있는 식탁으로 와 타이레놀을 한 알 삼켰다. 안나가 갑자기 울기 시작했다. 제니는 힘없이 의자에 걸터앉았다. 제니는 안나의 팔을 잡았지만 안나는 뿌리쳤다.

"내 눈은 구멍 뚫린 독 같아. 기분이 꼭 늙은 식모 같아."

안나는 엉엉 소리내 울었다.

"괜찮아 보인대도 그래. 아직 내 옷을 같이 입고……"

"넌 아무것도 몰라. 다 너 때문이야."

"엄마는 열아홉 살이 아니고, 나는 축구부 주장이 아니야."

"뭐라고?"

"태어난 일이 없는 사람처럼, 나는 좋은 걸 꿈꿔본 적이 없어."

그러자 안나는 눈물을 훔치고 제니를 멍하니 쳐다보았다.

"뭐라고?"

안나가 눈이 똥그래져서 물었다.

"너, 지금 뭐라고 지껄이는 거야?"

"불행의 씨앗이라 내가 숨죽이고 있다고."

"내가 널 잘못 키웠다는 거야? 희생의 대가가 고작 이거야?"

"그래, 미안해. 고작 이거야."

제니는 고개를 숙이고 눈물을 흘렸다.

"울음 그쳐!"

안나는 소리쳤다. 제니는 훌쩍이기 시작했다.

"그쳐!"

제니는 점점 더 큰 소리로 울었다. 안나는 당황해서 창문을 닫고 오디오의 볼륨을 높였다. 라디오 프로그램의 디스크자키가 떠들기 시작했다.

"오렌지 젤리를 가정에서 직접 만들어보시는 건 어떨까요. 새콤달콤한 젤리, 아이들이 참 좋아하겠죠? 젤라틴과 오렌지주스, 그리고 꿀을 준비하세요. 오렌지주스에 젤라틴을 넣고 살살 녹인 다음……"

디스크자키가 "아, 침이 고이는데요" 하고 말하자 제니는 바닥을 뒹굴며 울기 시작했다. 안나는 제니가 갑자기 실성했다고 생각하고 제니를 일으켜세우려 했다.

"어린애니? 바보짓할 거야?"

'톡톡, 요리 정보' 코너가 끝나고 디스크자키는 음반을 갈아 끼웠다.

"이어지는 추억의 팝, 아바가 노래합니다. 〈I do I do I do I do I do〉."

아바의 아이두아이두아이두 사이를 제니는 뒹굴며 소리치며 울었다. 안나는 갑자기 다리가 후들거리고 주체할 수 없이 눈물이 흘러나왔다.

"이러지 마. 나한테 이러지 마, 나는, 나는, 나는……"

제니가 그때 발딱 일어나 찬장 문을 열었다. 제니는 눈물범벅이 된 채 무표정한 얼굴로 과도를 꺼내 자기 가슴을 후벼팠다. 안나는 기절했다. 아바는 노래했다. 제니는 피 묻은 칼자루를 쥐고 화장실로 뛰어 들어가 자빠졌다.

## 7. 월요일들

제니는 하얀 시트 위에 평온하게 잠들어 있다. 의사는 출혈 때문에 위험할 뻔했다고, 천만다행으로 심장과 폐는 손상되지 않았지만, 부러진 칼날을 흉부에서 안전하게 뽑아내는 일은 쉽지 않았다고 했다. 위험할 뻔한 일과 천만다행스러운 일과 쉽지 않은 일 들에 관해 '아, 예'를 연발하며, 나는 어떤 표정을 지어야 할지 몰라 당황했다.

제니의 옆 침대에는 노쇠한 할아버지가 누워 있었다. 할아버지의 손자 세 명이 찾아와 TV에 동전을 넣고는 모두 입을 벌린 채로 어린이 프로그램을 보았다. 안나는 넋이 나간 표정으로, 그러나 홈드라마의 온화한 어머니 같은 어조로 내게 말했다.

"음료수라도 주련?"

나는 쌀음료를 하나 받아들고 역시 마찬가지로 멍청해져서, 마치 밤샘작업 뒤 머리를 하러 미용실에 온 대기 손님처럼 얼굴을 파묻을 만한 잡지를 하나 집어들었다. 단지 곤란한 기분을 외면하려고 잡지를 두 페이지 넘겼을 때 '1+1 샴푸' 칼라 전면광고가 나타났다. 샴푸 광고 문구를 그렇게 자세히 들여다본 것은 처음이었다. '로즈 오일과 리포솜의 작용으로 모발 세포대사에 작용하는 놀라운 클리닉 효과, 체험해보세요.' 나는 잡지를 덮고 일어났다.

병원 복도에 놓인 컴퓨터를 에워싸고 어린아이들이 숲에서 캔디를 찾아내는 게임을 하고 있는 게 보였다. 나는 그것을 그냥 바라보았다. 안나가 따라나와 내 옆에 섰다. 안나가 자기 휴대폰을 켜자마자 벨이 울렸다.

"어, 아이 좀, 좀 곤란한 일이 생겨서 제주도에는 난 못 가겠는데……"

안나는 초조한 듯 왼손으로 주먹을 쥐었다 폈다 하면서 전화를 받았다. 나는 창가로 몸을 돌렸다.

안나는 전화를 끊고 나를 따라 창가에 와 섰다. 대학병원 저 아래로 캠퍼스가 바라다보였고, 가방을 멘 대학생들이 빠른 걸음으로 교정을 가로지르는 것이 보였고, 다리 다친 남자 하나가 천천히 목발을 짚고 병원 건물로 올라오고 있는 것이 보였고, 간호사 둘이 이야기를 하며 주전자 같은 것을 들고 있는 것이 보였다.

안나는 한숨을 쉬며 무언가 이야기했다. '부모님이 그렇게 됐을 때, 너도 많이 힘들었겠지.' 그런 정도의 의미를 담은 말이었는데, 자세히는 못 알아들었다. 뭐라도 대꾸는 해야 했기에 나는 아마도 그랬던 것 같다고 했다. 내 엄마 홍희와 아빠 석주가 생선 냉동고를 실은 트럭을 치받았을 때 운전은 홍희가 하고 있었다. 홍희가 그날 마지막 통화를 한 사람은 내가 아니라 우연히도 안나였다. 두 사람이 오랜만에 무슨 대화를 주고받았는지는 모른다. 홍희와 석주, 두 사람은 싸우고 나면 화가 풀리지 않은 채로 함께 고속도로를 타고 나가 교외에 있는 러브호텔을 찾았다. 좀 먼 곳으로 갈 때도 있었다. 제주도라면 안나한테는 그런 식으로 조금 먼 데인가? 그렇다면 나도 안나를 이해해야 했다. 어느 날은 그 모든 게 중요하고, 어느 날은 모든 게 무의미해진다. 제니의 말이 맞다. 나는 제니를 가여워해야 할지, 두려워해야 할지 알 수가 없다.

저 아래서 전남편의 차가 들어오는 것이 보였다. 나는 급하게 마중 나가야 할 절박한 이유가 꼭 있는 것처럼, 그런데 안타깝게도 그 이유를 안나에게 설명하기에는 이미 너무 늦어버렸다는 듯이 허둥거리며 엘리베이터를 타고 아래층으로 내려갔다. 그러나 전남편이 자동차에서 추리닝 차림의 애인과 내리는 모습을 봤을 때 서둘러 달려나온 것을 후회했다.

"일하다 말고 바로 달려왔다고."

전남편은 불필요한 말을 변명처럼 해서 어린 애인의 심기를 건드렸다. 표정을 구기고 있는 어린 애인의 얼굴은 밀가루를 뒤집어쓴 것처럼 하얘서 가부키 배우 같았다. 언제나 그렇게 화장을 하고 헬스클럽에서 땀을 흘리는지 궁금했다.

나는 병원의 삼층 자판기에서 이온음료를 두 개 뽑아 전남편과 그 가부키 소녀에게 주었다. 안나는 복도 저편에서 누군가에게 붙잡혀 질문을 받으며 입술을 물어뜯고 있는 중이었다. 나는 걱정할 만한 일은 지나갔다고 전남편에게 설명했다. 전남편은 고개를 끄덕였다.

전남편이 화장실에 간다고 하고 자리를 뜨자, 가부키 소녀가 내게 물었다.

"두 분이 다시 합칠 건가요?"

나는 눈을 깜박이는 가부키 소녀를 바라봤다.

"나는 그거 물어보러 왔어요."

나는 다만 담배를 피우고 싶다고 대꾸했다. 전남편이 화장실에서 나와서 가부키 소녀와 나 사이에 섰다. 전남편과 나, 가부키 소녀는 다시 밖으로 나왔다.

가부키 소녀가 자동차에 올라탔다. 전남편과 나는 밖에 서 있는 채였다. 가부키 소녀는 팔짱을 낀 채 조수석에 앉아 전남편과 나를 내다보고 있었다. 나는 전남편의 담배를 한 대 받아 물었다. 여고생 때 피우고 처음 피우는 담배였다. 나는 지금처럼 언제까지나, 이를테면 기쁠 때나 슬플 때, 검은 머리가 파뿌리가 될 때까지, 서로를 어떤 약속에도 묶어놓지 않을지라도 이 생을 사랑하고 증오하고 이해하며 우리가 따로 또 함께이기를 바란다고, 노력하겠노라고 말하려 했다.

"지금 영원……"

나는 망설였고, 말들은 어디론가 사라져갔다.

"뭐라고? 응?"

전남편은 집중을 하느라 미간에 힘을 주고 물었다. 나는 고개를 흔들며 웃었다. 입에서 연기가 나와 흩어졌다. 전남편도 웃었다. 자동차 문이 열리고 가부키 소녀가 내리는 소리가 들렸다. 나는 마지막 담배 한 모금을 깊게 빨아들였다.

해설 차미령(문학평론가)

# 꿈의 극장

## 1. 밤과 낮 사이에서

작가 기준영이 처음 우리 앞에 등장한 것은 2009년 여름의 일이다. 감사하게도 그 현장에는 나도 있었다. 한 문예지의 신인 공모였는데, 험난한 심사였다. 늦은 밤까지 격론이 이어졌고, 의견이 모아지지 않아 거푸 투표를 했다. 그날 마지막 순간까지 테이블에 남겨졌던 작품이 바로 「제니」다. 세련된 화술이 매력적이었지만, 어딘가 낯설고 독특했다. 나중에 알고 보니 「제니」의 작가는 대학에서 문예창작을 전공하고 다시 영상원에서 시나리오를 전공한 재원이었다. '2007~2008 서울충무로국제영화제 프로그래머'와 '다큐 〈감독들, 김기영을 말하다〉 작가 및 조감독'이라는, 그녀가 보내온 프로필이 이채로웠다.

어쩌면 이런 회상이 다소 짓궂은 것일지도 모르겠다. 우리가 이 책에서 만나는 기준영은 어디까지나 소설가 기준영이니까. 그러니 소설가 기준영의 행보를 조금 더 덧붙여두는 것도 나쁘지는 않겠다. 등단 다음해 기준영은 두 편의 단편소설, 「B캠」과 「의식」을 발표했다(역시 이 소설집에서 읽을 수 있다). 반갑고 또 흥미로웠다. 등단작인 「제니」를 떠올리며 간단히 가늠해보았을 때, 전자에서는 영화 제작 현장이라는 작은 모티프가 확장되어 있었고, 후자에서는 '제니'의 불안정한 에너지가 미성년 소녀들의 사랑과 갈등으로 변주되고 있었다(한번 견주어보시라). 그리고 다시 그 이듬해, 작가는 첫 장편이자 자신의 첫 책이 된 『와일드 펀치』로 창비장편소설상을 거머쥐었다. "우정과 관심의 세계가 평범한 일상에 수많은 계기로 잠겨 있음을 조용히 웅변"(백지연)해주는 준작이거니와, 그만하면 돋보이는 신인작가의 행보라 할 만했다.

그리고 고백하건대, 개인적으로 참으로 괜찮은 작가라는 확신을 갖게 된 것은 이 책의 해설을 의뢰받은 후였다. 「시네마」 「연애소설」 「아마도 악마가」 등을 연이어 읽고 나자 기념해도 좋을, 독특한 작가의 탄생을 목도한 기분이 들었다. 섬세하고 담담한 수채화풍이지만, 그 뉘앙스가 한참 가슴에 남는, 뭐랄까 성숙하게 예리한 붓끝이었다. 씁쓸한 일상의 해프닝들 같지만, 그 속에는 타인과 이 삶에 대한 부드러운 허락의 느낌이 깃들어 있었다. 이 책의 원고들을 읽고 나서야 나는, 작가의 등단작에 대해 삶의 무의미 운운한 것을 조금은 후회했다. 작가가 응시하고 있는 삶의 미세한 균열 속에는, 불안과 공포, 허무와 비관 대신, 삶의 보잘것없음을 충만한 어떤 것으로 변주해내는 꿈의 말들이 꿈틀거리고 있었다.

우리는 희망과 소망, 상상과 환상, 섬뜩한 현실과 심리적 실재, 혹은 초현실과 부조리, 그 모두를 종종 꿈에 빗댄다. 꿈은 그래서 문학이, 예술이, 총애하는 언어다. 메츠가 영화와 꿈을 비교하며 환기했듯이, 일상의 밀봉된 내부에 일종의 틈을 만드는 것은 꿈의 일 중 하나다.(크리스티앙 메츠, 『상상적 기표』, 이수진 옮김, 문학과지성사, 2009, 139~148쪽) 그 틈 속에서 우리는, 우리를 경악하게 하는 진실을 만나고 사력을 다해 도망치기도 하리라. 하지만 기준영 소설은 밤과 낮 사이에서, '깨어 있음'과 '잠들어 있음' 그 사이에서, 어떤 고양된 힘을 찾아낸다. 내면의 부름에 응답하는 그 힘은, 때로 위태로워 작은 파국으로 이어지기도 하지만, 대개는 기억해도 좋을 만큼 충분히 아름답다.

그리고 지금 이 글에서는 그 아름다움을 조금이나마 음미해보려 한다.

## 2. 빛으로 된 잉크, 거리의 스크린

한 명의 작가가 만들어가는 세계 속에는, 그(녀)가 보고 듣고 경험한 것들, 아끼고 사랑한 것들의 흔적이 남아 있기 마련이다. 이 소설집의 기준영에게 그런 존재들 중 하나로 영화를 빼놓을 수는 없을 것 같다.

예를 들어 「B캠」에서는 유명 배우 부부의 삶과 다큐멘터리의 제작 과정이 포개져 있고, 「시네마」에서는 실연당한 한 여자의 하루와 시나리오를 구상하는 한 남자의 하루가 포개져 있다. 그러니 「B캠」의 '오수'와 「시네마」의 '유성'으로부터 이야기를 시작해보면 어떨까. 물론, 오수와 유성을 각기 무대의 돋보이는 주연이라고 하기는 어렵다. 소설적 지각과 인식의 한계를 두 사람이 설정하고 있지도 않다. 다시 말해, 두 사람은 이야기 전체를 조망하는 관찰자적 내레이터 역할을 하고 있지 않으며, 이야기 바깥의 말하는 존재는 오수와 유성보다 더 많은 것을 알고 있다. 하지만 그럼에도 우리는 오수와 유성을 염두에 두지 않을 수 없다. 그들은 카메라를 든 존재이기 때문이다.

우선 「B캠」에서 기준영은 감독, 스크립터, 카메라맨 둘로 이루어진 다큐멘터리 팀을 선택했다. 일단 그것만으로 자신의 인장 하나는 찍은 셈이다. 단순하게는 'A캠' 'B캠'과 같은 용어들만 보아도 그렇다. 어떤 세계에 입성한다는 것은 그 세계의 말법을 배우는 것이나 다름없어서, 영화 작업에 익숙하지 않은 사람들에게는 그러한 용어들이 낯설게 다가올 수도 있다. 이러한 경우 작가는 평균적인 독자를 고려하여 더 세심하게 이야기를 꾸려가야 하는 위치에 있게 된다. 객석과 무대를 배경으로 인터뷰를 따거나, 방수점퍼로 감싼 카메라가 즉흥적으로 따라붙거나 하는 등의 「B캠」의 에피소드들은, 요란스럽지 않게 자연스러운 실감으로 우리를 낯선 세계로 초대한다.

그러니 여기서 질문을 다시 한번 던져보면 어떨까. 알다시피, 영화 현장을 담는 것은 기준영의 인장이 될 수도 있지만, 그녀'만'의 인장이라고 하기는 어렵다. 그런데 기준영은 이 소설에서 감독이 아닌 카메라를 선택했고, 카메라 중에서도 메인 카메라가 아닌 'B카메라'를 골랐다. 왜 B캠인가. 소설의 어느 페이지에서 작가는 B캠에 대해 이렇게 적어두었다. "다른 장소, 다른 상황, 다른 각도, 혹은 다른 정서적 접근이 필요하다고 생각될 때, B캠은 움직인다."(133쪽) B캠을 통해 그녀가 표현하고자 하는 것은 그러므로 비교적 분명해 보인다. 'A'로 표상되는 규정된 관점에서 벗어나, 그러한 시각에서는 포착하지 못하는 이면을 발굴해보겠다는 것. 이 소설이 묘사하는 B캠의 위치와 동선은, 작가 기준영이 인간과 세계를 응시하는 각도에 견줄 만하다. 말하자면, 그녀는 B캠을 장착한 소설가다.

「B캠」의 도입부에서 작가는 세간에 비친 유명 배우 하남을 우리에게 먼저 소개한다. 그의 이미지는 '코카콜라 CF'와 〈고도를 기다리며〉 사이에서, "뚱보에 잔소리꾼"이었던 전처와 "반반한 영계"라는 현재 처 사이에서 경련한다. 코카콜라와 전처의 조합보다는 〈고도를 기다리며〉와 현재 처의 조합이 좀 나을 것도 같지만, 사람들의 얄궂은 시선은 후자에서도 부조리를 읽어낸다.

잘 알지도 못하면서 우리는 타인에 대해, 배우의 경력과 사생활에 대해 수군대는 관객들처럼 행세하곤 한다. 구설수에 자주 오르내리는 유명인들의 숙명 때문만은 아닐 것이다. 알고 보면 결함이 아니라고 말하려는 것이 아니다. 「B캠」에서도 우리는 그것을 본다. 사회생활에 변덕이 심하고, 결혼생활도 순탄하지 않은 한 배우를 본다. 하지만 그것과 동시에, 그 사람의 낯선 옆모습과 뒤로 길게 늘어진 그림자도 짐작하게 된다. 전성기라 일컬어지는 시기에 배우 자신이 겪어야 했던 황폐한 시간을, 솔직해지고 싶은 욕망과 연기자로서의 본능 사이의 해소되지 않는 갈등을, "대책 없는 삶" 속에서도 "진짜 주인공이 되어 행복해지고 싶다"는 꿈을. 소설의 처음과 끝에서 독자가 마주하는 하남은 동일한 하남이 아니다.

그리고 비단 하남뿐만도 아니다. 아버지뻘 되는 배우와 젊은 분장사의 결혼은 그렇고 그런 스캔들일지 몰라도, '신의 수첩'이라는 단어를 어려워하며 NG를 거듭 냈던 하남의 근심을 읽어낸 사람은 그의 처가 된 이선이었다. 다큐의 주인공은 하남이지만, 소설에서 사실 더 흥미로운 대목은 이선으로 이야기의 초점이 넘어갈 때이다. 특히 작가 기준영은 하남 부부가 런던으로 떠나는 5장에서 소설을 끝내지 않고, 마치 뒷이야기처럼 6장을 남겨두는 절묘한 선택을 한다. 그 마지막 장에서 작가는, 이선과 오수 사이에 형성된 미묘한 감정의 교차 속에서 '신의 수첩'이 아니라 "자기 수첩"에 대해 이야기하는 이선을 포착해낸다. 작가의 B캠은, "우연을 운명으로 바꿔 꿰는" 여자와, 아직 운명이 되지 않은 우연을 그렇게 조용히 응시하는 것이다.

정리해보자. 하남(남자)과 이선(여자)이라는 커플을 응시하는 카메라(오수)가 있다. 카메라는 베일에 가려져 있던 뒷면을 포착하거나 조명되지 않은 다른 한쪽을 스스로 말하게 한다. 그리고 그 과정 속에서 카메라(를 든 존재)와 여자 사이에 새로운 관계가 형성된다. 이러한 「B캠」의 구도가 발전적으로 심화된 소설이 「시네마」다. 바꿔 말해, 이제 대형 카메라가 아니라 포켓캠코더를 든 남자, 유성이 등장할 차례가 왔다.

「시네마」의 초반부에 혜리와 유성은 그다지 친밀하지 않은 관계로 제시된다. 연인인 석재의 동생이자 네 살 아래인 유성에게 혜리는 깍듯이 존댓말을 쓴다. 두 사람이 공유하고 있는 경험 역시 지극히 단편적일 뿐이다. 하지만 우리는 소설의 마지막 페이지에서 유성의 뺨에 손바닥을 대며 미소짓는 혜리를 만난다. 그녀는 "'고마워'라고 반말로 그에게 인사하고는 손을 내린다".(52쪽) 반나절 동안 무슨 일이 있었던 것인가?

이 소설에서 기준영이 시나리오 구상의 과정과 병치시키는 것은 '함께 걷기'이다. 「시네마」에서 혜리와 유성이 걷는 길은, 불분명하고 모호한 공간이 우세한 요즘 소설들과는 다르게 구석구석 실제의 지표들과 함께 제시된다. 백병원, 가톨릭회관, 명동성당, YWCA 건물, 명동음악사, 명동예술극장 등, 독자는 인물들의 동선을 따라 구체적 공간감 속에서 길을 걷게 된다. 그 길은 식당광고판을 목에 건 남자와, "예수천국, 불신지옥!"을 외치는 중년 남자가 스쳐지나가는 일상의 길이다. 하지만 그 길은 곧 추억의 길로, 상상의 길로, 꿈의 길로, 마침내는 시네마의 길로 서서히 변모해간다.

「시네마」의 이야기는 어찌 보면 간단하다. 형인 석재와 혜리가 헤어졌다는 사실을 모른 채, 유성은 혜리에게 모종의 부탁을 한다. "사랑 얘길 쓰는데, 여자를 잘 몰라서요."(32쪽) 유성은, 말하자면 지금껏 혼자 시나리오를 써왔던 남자다. 그런 그가 혜리와 함께 거리를 걷는다. 거리의 모습을 캠코더에 담으며 유성은 혜리에게 "자기에게만 보이는 스크린이 그 거리 어딘가에 있는 것처럼" 그의 주인공인 '트래비스'의 이야기를 들려준다(기준영은 이를 별도의 삽입 이야기로 처리해놓고 있다). 그 이야기에서, 어디서부터 어디까지가 유성의 준비된 구상이고, 어디서부터 어디까지가 현장의 첨삭인지는 알 수 없다. 하지만 그의 작업에 혜리가 적극적으로 동참하게 되는 순간은 중요해 보인다. 그날 하루의 공기가 상상의 스크린 속으로 용해되기 시작했음을 시사해주기 때문이다. "(유성과 혜리가 고른) 스웨터가 감옥에서 나온 트래비스가 아델에게 주는 선물로 변하는 데는 일 분이 채 안 걸렸다."(43쪽)

기준영은 이 소설에서 혜리에게 주로 시선을 할애하고 있거니와, 정작 이 만남은 유성보다 혜리에게 더 특별해 보인다. 「시네마」에서 혜리는 공교롭게도 연인 석재와 헤어진 후 유성의 부탁을 받는다. 웹에서 통계자료를 찾아 실연당한 처지를 "보편화해야 할 차례"라고 생각했던 그녀는, 유성과 만나고 난 후 문자 그대로 '다른 길'을 간다. "내가 잘 아는 길이지만, 잘 모르는 길이었으면 좋겠"(36쪽)다는 바람처럼, 유성과 함께 걷는 길에서 혜리는 예상치 못했던 뜻밖의 순간들과 조우한다. 그녀는 첫사랑에서부터 석재와의 추억에 이르기까지 사랑의 역사를 반추하며, "그녀를 닮은 아델의 이야기"(이 역시 별도의 삽입 이야기로 처리되어 있다)를 상상하고, 나아가 그녀가 "모르는 골목들과 빈 의자들"에 관해서도 이야기하기 시작한다.

그리고 마침내, 사람들이 오가는 명동의 거리는 그녀의 스크린이 된다.

"뭘 보는데?"

석재가 묻는다.

"영화. 지금 사람들 이름이 올라가고 있어."

혜리가 대답한다. 너무 많은 것들이 떠오른다. 한 관계 속에 있는 많은 관계가, 한 거리에 오고가는 무수한 사람들과 이야기가. 그리고 휴대폰 저편에서는 이 도시에서 가장 가깝게 느꼈던 남자의 숨소리가 들

려온다.(「시네마」, 52~53쪽)

"한 관계 속에 있는 많은 관계"와 "한 거리에 오고가는 무수한 사람들과 이야기"를 "도시에서 가장 가깝게 느꼈던 남자의 숨소리"와 병치하는 「시네마」의 마지막 두 문장은 예사롭지 않다. 소설의 마지막 장에 이르러서야 독자는 같은 시간대 석재의 모습을 보게 된다. "거실의 커튼 색깔, 남자의 발이 보인다"로 시작되는 시선은 다소 갑작스럽다. 그때까지 두 사람의 이야기 속에만 존재했던 석재를 포착하는 시선은 어디에서 오는 것일까? 트래비스와 아델의 이야기가 삽입된 것처럼 진행중인 주 서사와 교차해서 삽입되는 석재의 장면들은, 마치 혜리가 그녀의 스크린을 닫고 다시 현실로 복귀해야 할 순간이 뚜벅뚜벅 다가오고 있다는 징후처럼 읽힌다.

아니나 다를까, "뭘 보는데?"라고 묻는 석재의 목소리가 들릴 때 혜리의 영화는 끝이 나지만, 그때 혜리는 자신의 하루에 명료한 의미를 부여해낸다. "영화. 지금 사람들 이름이 올라가고 있어."(52쪽) 석재와 떨어져 유성과 함께한 반나절 동안, 그녀는 모니터 앞으로 달려가 자신의 처지를 일반화하며 눈물짓는 대신, '빛으로 된 잉크'(장 콕토)를 발견한다. 이쯤 되면, 작가가 석재의 이름에는 견고한 돌의 이미지를, 유성의 이름에는 흐르는 별의 이미지를 부여한 것이 우연만은 아닐 듯하다. 거리에 스크린을 내리고 자신만의 극장을 마련한 이 여자는, 어쩌면 지금까지와는 다른 방식의 연애를 하게 되지 않을까. 마음의 문을 닫아걸고 자기 안에 갇히는 대신, "이상한 꿈과 꿈 사이의 순례"(37쪽)를 통해서 자신과 타인의 이야기를 발견하고 또 상상하게 된 그녀이니 말이다.

## 3. 여름날의 산책, 달이 꾸는 꿈

앞서 살펴본 「B캠」과 「시네마」가 한 편의 다큐, 혹은 한 편의 시나리오가 탄생하는 과정 속의 이야기라면, 「연애소설」은 한 편의 소설이 어떻게 시작되는지에 대한 이야기이다. 많은 뛰어난 작가들이 그렇듯이, 기준영은 이 소설집에 이야기하기를 사유하는 메타적인 자의식을 흩뿌려놓았다. 「B캠」 「시네마」 「연애소설」로 이어지는 궤적이 특히 그렇다.

우리는 이 문제를 생각해보기 위해 「아마도 악마가」를 경유해갈 것이다. 「아마도 악마가」에서 '아마도 악마가' 주재하는 것은 서술자 '나'가 살아가야 할, 뚜렷한 전망이 부재하는 세상일까. (이 주인공 청년의 무력함으로부터 로베르 브레송의 영화 〈아마도 악마가〉를 상기해야 할까?) 아니면 오히려 그 반대여서, '나'가 포기하지 못하는 꿈이 아마도 악마의 간계인 것일까.

「아마도 악마가」는 「연애소설」과 더불어 여름날의 이야기이자, 여름날의 꿈에 대한 이야기로 우선 읽힌다. 여름날의 꿈을 대표하는 것들 중 하나로, 휴가지에서 만난 여인을 빼놓을 수는 없을 것이다. 여름바다를 배경으로 하는 짧은 만남과 영원한 이별, 연애의 예감과 실패…… 많은 서사물들이 이 짧은 계절의 꿈을 담았다. 그리고 작가 기준영은 「아마도 악마가」에서 이 유서 깊은 계절 이야기에 합류한다. 「아마도 악마가」에서 내레이터인 '나'는 이제 여름휴가를 떠날 것이다. 말인즉슨, 휴가라기보다는 요양인데, 그가 부산으로 떠나는 이유는 결핵 진단을 받았기 때문으로, 그 사실은 서사의 말미에서야 떠들썩하게 들통날 비밀이다.

여름의 부산에서 '나'가 겪는 중요한 사건은 두 가지다. 하나는 나희와의 사이에서 있었던 일이고, 다른 하나는 그에게 거처를 내어준 '기러기아빠'의 일이다. 수목원에서의 갑작스런 만남으로 시작된 전자의 이야기는 여름의 혼몽한 기운으로 미열을 앓고 있다. "평소의 나"에게는 있을 수 없는 과감함과 즉흥성, 약간의 거짓말까지도 여름의 휴가지에서는 용인된다. 그러나 또한 한편으로는 그 모든 달콤한 꿈들이, 현실적인 인력으로 '나'를 감싸고 있는 우수와, "내 아픈 자아와 건강한 자아 중 어느 쪽에서 이런 위안과 감상과 모험을 바라는 건지"를 가늠하는 자의식으로 인해 깊은 수준에서 제어되고 있는 것 또한 인상적이다. 그렇다면 후자의 사건은 어떤가.

「아마도 악마가」에서 여름날의 '나'가 겪는 두 사건을 묶어내는 기호가 없지는 않다. 그것은 '아빠'다. 「B캠」과 흡사하게 「아마도 악마가」는 모델인 나희와 그녀의 부친에 대한 세간의 짤막한 평으로 시작한다. '나'가 짧은 시간 근거리에서 지켜본 '나희'는 이를테면, '제니'(「제니」)와 닮은 여자다. 신체와 미모, 자해적 충동, 한쪽 부모와의 갈등까지도. 모델인 나희에게는 연예산업의 상품가치로 딸을 저울질하는 아빠가 큰 짐이다. 그리고 깁스를 한 채 바다로 뛰어든 나희의 고통은, 일 년 동안 청산가리를 품고 다녔던 '기러기아빠'의 고통과 대칭을 이룬다.

이 소설에서 기준영은 기러기아빠가 '나'의 상주 노릇을 인상적으로 기억한 것 등의, 별것 아닌 것처럼 보였던 초반의 디테일을 둔중하게 다가오는 복선으로 건져올린다. 닥쳐올 미래를 알지 못하고 기러기아빠의 집을 정성껏 청소하는 '나'의 모습은, 소설의 후반부에 이르러 제의적 아우라를 획득하게 된다. 기러기아빠의 죽음은, 사소하게는 '작은 아버지'와 그 또래의 자영업자들의 모습에서부터 심층적으로는 자신으로 인해 "인생에서 실망과 고통을 배우다 저세상으로" 간 '나'의 아빠의 기억까지를 관통하며, 남성 주체의 삶에 대한 하나의 음화로 남는다.

소설 속 아빠'들'의 이야기는 읽는 이의 가슴을 서늘하게 하지만, 작가는 '나'를 관습적인 성장의 테두리에 가두지는 않는다. 그리고 오히려 그 점이 더 기준영다운 면모인 것처럼 보인다. 소설의 마지막 페이지에서 '나'는 다음과 같이 고백한다. "내 한 가지 소망은 평범한 회사원이 되어 다복한 가정을 꾸리는 것"이라고 답하는 것은 공허하다고. "진짜 생"은 "다른 곳"에 있는 것처럼 느껴진다고.

> 그 '다른 곳'에서 나는 내가 말한 것들을 전부 번복하며 꿈의 형태로 존재했다. 내 꿈은 한쪽 다리에 깁스한 채로 바다로 뛰어들었던, 이제는 소문 속으로 사라진 스무 살짜리 여자애의 안부를 같은 자리에서 다시 묻는 것. 하이. 여기서 널 기다렸어. 내 입을 열고, 그녀 입술을 열어 내 혀를 밀어넣으면서 어떤 이온음료 광고 장면처럼 그 순간만큼은 다른 가망 없이도 건강하고 아름다운 것. 천국의 은혜가 내 몸속에 전기처럼 흐르다 스미는 것. 바다는 어제보다 잔잔했고, 하늘은 색칠한

도화지 같았다. 나는 내가 기다릴 수 없는 기다림들에 목이 말랐다. 물결은 눈앞에서 빛을 받아 반짝였고, 때로 흥에 겨운 사람들의 함성소리가 내 안의 비명을 덮었다.(「아마도 악마가」, 80쪽)

여름은 가고, 결핵은 나았지만, 그전과 별반 다를 것도 없이, '나'는 일상으로 돌아온다. 하지만 이것으로 끝이 아니어서, 기준영은 늦가을에 자신의 인물을 다시 그 여름의 바닷가로 데려다놓는다. 소설은 위와 같은 서정적인 문장들로 끝이 나는데, 그 문장들 속에서 우리가 보게 되는 것은 지난 여름날의 흔적을 여전히 제 속에 간직하고 있는 한 청년이다. '나'의 말대로 꿈이란, '평범한 회사원과 다복한 가정' 같은 것이 아니라 '소문 속으로 사라진 스무 살짜리 여자애의 안부를 다시 묻는 것' 같은 것이 아니겠는가. 그것이 그 자신에게 허락되지 않는 기다림일지라도. 그래서 꿈을 향한 간절함이 아무도 듣지 못하는 제 안의 비명으로 남을지라도. 이렇게 닿지 못하는 꿈에 가닿으려 할 때 기준영의 문장들은 잔잔하게 빛난다.

방금 본 것과 같이, 이 소설집의 인물들에게는 내면의 목마름에 응답하는 몇 가지 길이 열려 있다. 비교적 초기작들의 인물들, 가령 「제니」에서 "눈물범벅이 된 채 무표정한 얼굴로 과도를 꺼내 자기 가슴을 후벼팠"(171쪽)던 제니나, 「의식」에서 창가 커튼에 불을 붙이고 제 팔 한쪽도 화상을 입힌 영서는, 자기 안의 갈증을 더이상 어찌할 수 없어 그리했을 것이다. 하지만 작품을 거듭할수록 기준영은 다른 방향의 출구를 그려보고 있는 것처럼 보인다. 여기서 「연애소설」을 함께 읽기로 하자.

「연애소설」에서 우선 눈에 띄는 것은 이 소설을 '연애소설'이라 이름붙인 이 작가의 대범함이다. 소설을 다 읽은 독자는 이 소설이 왜 연애소설인지 다시금 생각하게 된다. 그도 그럴 것이, 소설 속 이야기는 우리가 알고 있는 연애소설의 통상적인 문법과 크게 상관없어 보이기 때문이다. 하지만 이 소설이 연애소설의 발생학에 대한 하나의 응답이라면 어떤가.

이 소설에서 기준영은 "어딘가에 발표한 글이라곤 단 두 편뿐"인, 그래서 자신을 "동네 피아노학원의 피아노교사"라 소개하는 것을 더 편안해하는 한 여성의 소설쓰기를 쫓아간다. 기준영 소설답게, 주인공은 먼저 걸어야 한다. 그것도 누군가와 함께. 「아마도 악마가」의 '나'가 나희의 손목을 잡고 수목원의 길을 걷고, 「시네마」의 혜리가 유성과 함께 명동길을 걷는다면, 「연애소설」의 '나'는 '수아'와 팔을 걸고 구기동 비탈길을 걷는다. 아니, 그녀들은 그 옛날의 성탄절 여고생들처럼 비탈길을 뛰어내려간다. 그리고 그렇게 수아의 집으로 향하는 동안 '나'는 문득문득 추억과 영감에 사로잡힌다.

> 우리는 정말 비탈길을 뛰어내려가기 시작했다. 발바닥이 계속 따끔거렸지만 뭔가 조금은 쾌감이라고 말할 수 있는 통증이었다. 나랑 수아가 개미만큼 작아지고 우리를 둘러싼 우주는 점점 넓어지고 드넓어지고, 노란 간판을 단 비타민 가게는 한 점의 따뜻한 빛조각으로 반짝이고, 어디선가 날개를 단 고양이가 날아와 우리 어깨를 스치고 지나간다. 우리는 아주 빠르고, 빠르고, 빠르고, 빠른 유성처럼, 검은 시간 속을 깜박이며 비탈길을 미끄러지듯이, 마침내 흐르는 두 줄기 눈물처

럼 그렇게 어느 집에 착지한다. 딩동. (「연애소설」, 20쪽)

'나'가 수아와 함께하는 여름 저녁 풍경은, 기준영 특유의 잘 통제된 서정적인 문체에 실려, 어딘가 몽환적인 길을 걷고 있는 듯한 느낌을 자아낸다. 동화적으로 스케치된 위의 장면에서, 그녀들이 지나가는 공간은 우주처럼 넓어지고, 그녀들이 달리는 시간은 유성처럼 빨라진다. 그리고 그렇게 변형된 시공간 속에서 그녀들의 "행복하지 못했던 시절"(19쪽)들이 짧게나마 다시 써진다. '비타민 가게'와 '고양이'는 각자가 기억하고 있는 실패의 흔적들이거니와, 지금 이 순간 그것들은 따뜻한 날개를 달고 빛이 되어 그녀들을 스쳐지나간다. 과거와의 찰나적인 대면과 화해라고 할까, 이 장면이 "흐르는 두 줄기 눈물"과 함께 마무리되는 것은 그리 이상하지 않다.

물리적인 시간을 접고 펴는 독특한 시간 표현이 「연애소설」에서 이례적인 것만은 아니지만, 그러나 그렇다고 해서 이와 같은 시간이 마냥 지속될 수는 없지 않을까. '딩동' 소리와 함께 '나'와 수아가 함께하는 길이 끝이 나듯이, 현실의 시간으로 돌아와야 할 순간이 도래할 것이다. 아닌 게 아니라, 따끔거리는 '나'의 발바닥(결국 그녀들의 작은 여행을 끝내게 하는 물리적인 상처인 그것)은 땅으로부터 올라오는, 그녀들을 아래로 붙잡는 현실의 인력을 상기하게 한다. 다친 발바닥에서 마침내 피가 흐르는 것처럼, 몽상에서 벗어나 일상으로 복귀해야 할 시간이 언젠가는 온다.

다른 소설들과 마찬가지로 이 소설의 진정 흥미로운 선택은 여기서부터다. 작가는 여름날의 짧은 만남을 뒤로하고 집으로 돌아온 '나'를 주목한다. 그리고 새로운 시작처럼 읽히는, 소설의 맨 마지막 대목을 '나'로 하여금 타이핑하게 한다.

> 어젯밤 나는 그가 창가에 서 있는 걸 보았다. 푸른빛이 감도는 셔츠가 바람에 나부꼈다. 커다란 보름달 아래로 구름들이 모였다 흩어졌다. 달빛이 잠깐 어둠 속으로 잠겼다가 다시 나타났다. 그는 한 손에 병맥주를 쥔 채로 고개를 살짝 수그렸다가 들었다. 마치 긴히 할말이 있다는 것처럼, 그래서 옅은 미소를 잠시 감춘 것처럼. 내 심장은 고동치기 시작했다. 사랑의 시작이었다.(「연애소설」 27쪽, 강조는 인용자)

「연애소설」의 처음과 끝에 놓인 단락들은, 닮은 듯 다른 짧은 한 단락의 글들이다. 조응하는 두 단락은 속 이야기와는 무관한 것처럼 보이지만, '연애소설'이라는 제목과는 더 잘 어울려 보인다. 지금, '나'의 손에 의해 "사랑의 시작"을 전하는 연애소설의 짤막한 한 대목이 써지고 있다. 소설의 마지막 단락은 소설의 첫 단락과 거의 흡사하지만, 위에서 볼 수 있듯이 강조된 부분이 뚜렷이 바뀌었다. 물론 시간상의 역전도 얼마든지 가능하기 때문에, 첫 단락을 마지막 단락보다 더 나중에 써진 것으로 해석해볼 수도 있다. 어느 쪽이 되었건, 기준영은 '나'에게 일어난 변화가 연애소설을 시작하게 하는 동력이라고 말하는 듯하다.

이 소설의 내레이터인 '나'와 같은 하루를 보낸 사람이라면 누구라도 그러하지 않겠는가. 이를테면, "생각을 몰아내기 좋은 곡"인 하농을 연주하며 뭐라 설명할 수 없이 들뜬 기운을 다스리는 것. 그러나 '나'는 평정심을 찾지 못한다. 그녀는 방심(放心), 말 그대로 마음을 놓아버린다. 수아가 '나'를 「방심한 마음」의 저자로 착각했던 초반부의 에피소드는 그러니 잘 배치된 세련된 유머이지 않은가? 우연히 '나'에게 찾아와 자신의 이야기를 고백하고자 했던 '수아'는 기준영식 뮤즈에 다름없다. 그리고 마침내 '나'는 규칙적인 연습곡 하농을 뒤로하고 글을, 그러니까 소설을, 보다 정확히 말해 연애소설을 '치기' 시작한다. "건반을 치는 대신 타이핑을 했다"(27쪽)는 구절이 일러주듯이, '나'가 글을 쓰는 행위는 피아니스트의 역동적인 타건 이미지로 변형된다. 수아 부부를 만난 후 "막연한 슬픔과 놀라움"(23쪽)으로 물들기 시작한 '나'의 내면은, 이지러졌다 꽉 차오른 만월의 통제할 수 없는 에너지와 함께 창작의 순간으로 돌입하는 것이다.

## 4. 꿈의 극장

지금 여기와는 다른 곳에 꿈의 형태로 존재하는 무언가를 향한 목마름, 그 내면의 목마름에 응답하는 것이 기준영에게는, 소설이고, 이야기가 아닐까.

예컨대, 실상 「연애소설」에서 '나'와 수아가 함께 걷는 길의 한쪽 편에는 수아가 관통해온 외면과 거절의 기호들이 자리하고 있다. 수아는 친구로부터, 가족으로부터, 거의 추방된 것처럼 보인다. "갠 안 됐어. 미쳤어."(25쪽) 그러나 '나'는 간단치만은 않은 내력을 지닌 수아에 대해 판단하는 데 매우 신중한 태도를 보인다. 대신, '나'는 바로 그 과정을 통해서 자기 자신의 삶에 대해서 생각하게 된다.

그와 같이 접근해본다면, 제니의 일주일을 내레이터 '나'의 시선으로 정돈하면서 '나' 자신의 그늘에 대해 은밀하게 고백하고 있는 「제니」도, 나희와 기러기아빠를 통해서 '나' 자신의 빈곳에 이르게 되는 「아마도 악마가」도 「연애소설」이 놓인 자리에서 그리 멀지 않을 것이다. 타인 안의 목마름에 눈을 뜬 자는, 결국에는 자기 내면의 이야기에도 귀를 기울이게 된다. 아니, 그 반대여도 좋을 것이다. 내 안의 목마름이, 꿈을 향해 목마른 세상 속 이야기들에 눈을 뜨게 만든다.

저마다의 삶에는 그럴 만한 사연이 있으리라 존중하는 사람에게 이야기하기란, 결국 우리가 잘 안다고 믿어온 어떤 것에서 전혀 낯선 이야기를 발견해내는 과정이 되어간다. 수아의 삶에 잠시 동승한 '나'(「연애소설」)나, 하남과 이선의 삶을 B캠으로 담아내는 오수(「B캠」) 등은 모두 이야기를 하는 자로서 기준영의 시각을 조금씩 투영하고 있다. 기준영이 관심을 갖는 인물들은 이른바 '평균적인 삶'이라고 할 만한 것에서 살짝 비껴 있는 사람들이지만, 기준영의 분신들은 그들을 거리를 갖고 지켜보면서, 섣부른 단정도, 비판도, 동정도 삼간다. 대신 그들은, 「시네마」에서 유성의 전언을 빌려 말하면, "그가 아는 사람들과 그가 아는 사람들의 또다른 아는 사람들의 인생이 담긴 이야기"에서 비롯되었으되 "결과적으로 전혀 다른 이야기"(43쪽)를 발견해내려 한다.

그러니 상상해본다. 이 소설집의 이야기들에는 유성의 저 진술이 얼마나 어울리는 것일까. 기준영이 펼쳐놓은 "결과적으로 전혀 다른 이야기" 속에서 또 우리는 우리의 이야기를 얼마나 발견하게 될까.

개인적인 인상을 쓰는 것이 허락된다면, 이제 내게 기준영 소설은 어떤 저녁 풍경을 떠올리게 할 것이다. 계절이 바뀔 무렵의 저녁 풍경이라면 더욱 좋겠다. 소설 속 한 인물이라면 "세상 어디로든 갈 수 있을 것 같은 저녁 무렵"(「연애소설」)이라고 우리에게 슬그머니 일깨워줄지도 모르겠다. 잠깐 동안의 소동, 혹은 평화가 지나가고, 달빛 아래로 모여든 정념들이 목마른 꿈들을 그려놓게 하리라. 그리고 그런 이야기의 극장이라면 다정한 여럿이서 함께여도 좋을 것이다.

아무런 말 없이 하루가 기울고 있다. 그러다 어느 순간 나는 택배기사 윤섭씨로부터 문자메시지가 와 있던 걸 뒤늦게 발견했다.

내일부터 다른 사람이 갈 거예요. 늘 건강하시길.

나는 메시지를 가만히 들여다보다가 그걸 영철이에게, 미율씨와 미율씨 남편에게도 보여줬다. 그게 뭐라고, 우리는 맥주캔을 부딪치며 먼 곳, 누군가의 새출발들을 기원하며 가을바람을 맞았다. 아직 다가오지 않은 시간의 비밀을 오늘이라 여기며, 축사와 마음을 쿵쿵 두드리는 어떤 시어들만이 지금 우리가 안아볼 수 있는 단 하나의 진실인 것처럼. 꼭 그런 것처럼.(「파티 피플」, 127쪽)

# 작가의 말

아이러니, 보인 것과 보이지 않은 것, 말한 것과 말하지 않은 것, 진짜 눈물과 웃음과 거짓말 들. 나는 그런 것들에 마음을 빼기며 다른 것들과 더불어 소설로 들어간다.

일곱 편의 단편소설 중 「제니」와 「연애소설」은 오감을 열고 달리듯 썼다. 쓰던 때의 내 맥박이 느껴진다.

「B캠」과 「아마도 악마가」는 주변의 공기를 느끼며 산책하듯이 썼다. 「B캠」은 영화촬영 현장에서 그 과정을 다큐멘터리로 담는 작업을 하면서 영감을 받았다. 「아마도 악마가」는 을지로입구께의 조그만 사무 공간에서 작업했는데, 쓰는 동안 에릭 사티의 음악을 반복해 들었다. 바깥은 며칠 내내 시위현장이었다.

「의식」과 「시네마」는 예민한 인물들과의 짧은 동행 같았다. 「의식」은 십대 소녀들의 관계를 조금씩 다른 각도, 다른 틈새에서 보면서 이야기를 진전시켜보려 했다. 「시네마」는 캐릭터의 윤곽을 그려놓고 하루 날을 정해 카메라를 들고 명동을 걸어다닌 게 시작이었다. 한날, 한시각, 같은 길을 오갔을 다른 사람들, 새로 들어서고 또 사라지는 것들의 자취를 눈으로, 언어로 만져볼 수 있을까? 이야기 속 주인공들이 정말 거기 앉아 있기라도 하듯 내가 올려다보았던 한 건물의 삼층 창문이 생각난다.

「파티 피플」에는 잘 안 풀리는 생활, 꾸역꾸역 이어지는 날들, 약간 엉뚱한 인물의 심상과 연상 들이 자아내는 연탄곡처럼, 이라고 적어본다. 미워할 수 없는 사람들과 함께 바람 불어오는 방향으로 고개를 들어보고픈 마음으로 끝맺었다.

2012년 봄부터 2013년 초여름 사이에 만난 석관동의 젊은 친구들에게 마음을 전한다. 재연이 불가능한 삶의 어떤 아름다움들에 슬프고 또 기뻐진다.

2013년 여름

기준영

| 수록작품 발표지면 |

연애소설 …… 『문학동네』 2013년 봄호

시네마 …… 테마 소설집 『서울, 밤의 산책자들』(강, 2011)

아마도 악마가 …… 미발표작

의식 …… 문장웹진 2010년 12월호

파티 피플 …… 미발표작

B캠 …… 『문학동네』 2010년 가을호

제니 …… 『문학동네』 2009년 가을호

문학동네 소설집
연애소설


초판인쇄 2013년 8월 22일
초판발행 2013년 8월 30일

지은이 기준영
펴낸이 강병선
책임편집 백다흠 | 편집 김내리 정은진
디자인 김현우 유현아 | 마케팅 신정민 서유경 정소영 강병주
온라인마케팅 김희숙 김상만 이원주 한수진
제작 서동관 김애진 김동욱 임현식 | 제작처 영신사

펴낸곳 (주)문학동네
출판등록 1993년 10월 22일 제406-2003-000045호
주소 413-120 경기도 파주시 회동길 210
전자우편 editor@munhak.com | 대표전화 031) 955-8888 | 팩스 031) 955-8855
문의전화 031) 955-8890(마케팅) 031) 955-8864(편집)
문학동네카페 http://cafe.naver.com/mhdn | 트위터 @munhakdongne

ISBN 978-89-546-2215-8 03810

* 이 도서의 국립중앙도서관 출판시도서목록(CIP)은 서지정보유통지원시스템 홈페이지(http://seoji.nl.go.kr)와 국가자료공동목록시스템(http://www.nl.go.kr/kolisnet)에서 이용하실 수 있습니다. (CIP 제어번호 : 2013013612)

www.munhak.com